KB113790

불사의 테스터 5

기로 퓨전 판타지 소설

초판 1쇄 찍은 날 § 2017년 7월 26일
초판 1쇄 펴낸 날 § 2017년 8월 2일

지은이 § 기로
펴낸이 § 서경석

편집책임 § 김슬기

펴낸곳 § 도서출판 청어람
등록번호 § 제387-1999-000006호
등록일자 § 1999. 5. 31
어람번호 § 제1-2739호

주소 § 경기도 부천시 부일로 483번길 40 서경B/D 3F (우) 14640
전화 § 032-656-4452 팩스 § 032-656-4453
http://www.chungeoram.com
E-mail § chungeorambook@daum.net

ⓒ 기로, 2016

ISBN 979-11-04-91408-9 04810
ISBN 979-11-04-91108-8 (세트)

FUSION FANTASTIC STORY

9
[완결]

기로 퓨전 판타지 소설

불사의 테스터

도서출판
청어람

불사의 테스터

CONTENTS

제1장
여신 교단 III

치호와 여신의 대화는 점점 무거워져만 갔고, 치호를 제외한 일행 역시 침만 꼴깍 삼킬 뿐 두 사람의 대화에 집중할 수밖에 없었다. 도무지 끼어들 틈이 없기에 숨을 죽이고 두 사람의 대화에 귀를 기울이는 것이다.

"그들의 위치 말인가요?"

"그래, 네가 말하는 그놈을 꼭 만나고 싶군. 아마도… 감시자들보다 상위의 존재겠지?"

"상위의 존재……. 그렇게 간단하게 말할 수 있는 존재가 아닙니다. 그를 맞닥뜨렸을 때 느낀 절망감은… 대적 불가였습니다. 절대 쓰러지지 않을 줄 알았던 세크마저도 결국 그의 힘 앞에 무릎을 꿇었으니까요."

여신은 '그'를 생각하는 것만으로도 온몸이 파르르 떨리는지 어깨에 손을 올려 감싸 안으며 그때를 회상하는 것 같았다. 치호는 그런 여신의 태도가 마음에 들지 않는지 계속해서 추궁했다.

"너 말이야, 날 다른 사람하고 착각하는 것 같은데 난 세크가 아니야. 날 이곳으로 이끈 이유가 있을 터, 어서 그들이 있는 곳이나 말해."

치호는 그런 여신의 태도에는 관심이 없다는 듯 오로지 '그'에 관한 위치만 궁금해했다. 여신까지 나타난 걸 보면 '그'라는 자는 틀림없이 가까이 있을 것이다.

하지만 여신은 추궁하는 치호의 눈을 말없이 바라볼 뿐이다.

그러길 잠시, 고민하는 듯 입을 다물고 있던 여신이 무언가를 꺼내와 치호에게 내밀었다.

"이건… 마지막 진실의 조각, 비원의 마지막 부분인가?"

여신이 무어라 말하기도 전에 치호는 그 물품이 무엇인지 알아차렸다. 자신이 가지고 있는 것과 같은 형태를 지니고 있었기 때문이다.

"네, 맞습니다. 이게 제가 가지고 있는 마지막 진실의 조각이자 '비원'의 마지막 부분입니다. 이걸 보면 '그'에게로 향하는 방법을 알 수 있을 것입니다."

치호는 그녀의 말에 고개를 끄덕이고 재빨리 진실의 조각을 보려고 했지만 그런 치호의 행동을 만류하며 그녀가 말을 이었다.

"이걸 보시게 되면 그 역시 당신의 존재를 완벽하게 눈치챌 것입니다. 그러면 그때부터는 더 이상 물러날 곳이 없게 됩니다. 그러니… 부디 신중하게 선택해 주세요."

"그가 나에 관해 알게 된다? 내가 진행하고 있는 퀘스트는 네가 날 인도하기 위해 만든 것 아니었나? 그 세크란 녀석과 함께 말이야."

"맞습니다. 퀘스트는 문제가 없습니다. 하지만 올브람이 이 진실을 왜 나누어두었는지 생각해 보셔야 합니다. 이 책이 완성되는 그 순간 '그'가 눈치채는 것입니다."

"상관없다. 어차피 녀석과는 빠르든 늦든 만나야 하니 오히려 내가 바라던 바다."

치호는 자신만만하게 말했지만 여신은 불안한 모양이다. 하지만 치호를 말릴 수는 없었기에 그저 고개를 끄덕일 뿐이다.

'이게… 마지막 진실의 조각?'

치호는 여신이 내민 마지막 진실의 조각에 손을 얹었고,

그 순간 수많은 메시지가 떠오르기 시작했다. 오랜 시간의 퀘스트가 드디어 끝을 맞이했는지 메시지도 많았다. 치호는 빠르게 그 내용을 읽어가기 시작했다.

[에픽 퀘스트—진리의 장—완료]
—긴 여정, 수많은 시련을 이겨내고 결국 진리에 도달하는 마지막 물품을 획득하였습니다. 이 마지막 진실의 조각을 획득한 당신이 무얼 하건 그것은 온전히 자신의 결정에 달려 있습니다.

마지막 진리의 조각까지 모은 당신은 이제 제가 당신을 감히 무어라 판단할 수 없는 인물입니다.

그저 이 긴 여정의 끝에 선 당신에게 경의를 표할 뿐입니다. 진리를 알고 있는 당신은 이제 새로운 진리를 쓸 준비가 완료되었습니다. 행동하십시오. 그러면 그것이 새로운 진리가 될 것입니다.

[진실의 조각 3/3]
—가벤티아 올브람의 저서 '비원'의 온전한 획득
[필드의 창조자가 당신을 주시하기 시작합니다. 그 어떤 아이템으로도 그의 눈을 피할 수 없습니다.]

〈퀘스트 보상─에픽 등급 장비〉

〈기여도 [SSS]〉

─황치호: 100%

〈진리를 깨우쳐 필드의 그 어떤 곳도 마음대로 움직일 수 있는 권한을 획득하였습니다.〉

〈칭호 '대적하는 자' 획득〉

······.

'과연… 벌써 시작된 건가?'

치호는 떠오르는 메시지 중에서 '필드의 창조자'에 관한 것을 읽고 그냥 웃어넘길 수 없었다. 그 메시지가 언급하는 인물이 치호가 그토록 만나고 싶어 하던 인물임이 틀림없었기 때문이다.

그렇기에 치호는 재빨리 비원의 마지막 부분을 읽기 시작했다. 올브람이 어떤 내용을 마지막으로 남겼는지 궁금해진 것이다.

[…이 부분을 읽고 있다면 필드의 끝에서 마지막 진실의 조각이자 나의 최후의 저서를 모두 모았다는 의미일 것이다. 그렇다면 그의 눈이 너를 감시하기 시작했다는 의미와도 같다.

그가 나의 저서를 감시하는 이유는 내가 이 책에 그에게 닿는 힘을 숨겨놓았기 때문이다.

그 힘을 사용하면… (중략)… 그를 쓰러뜨리기 전까지는 다시는 돌아올 수 없을 것이다.

그러나 이미 여신이 너에게 경고했을 터, 그럼에도 마지막 진실의 조각에 손을 댔다면 이걸 보는 너는 내가, 아니, 우리가 기다려 온 인물이나 오만과 독선에 가득한 인물 중 하나일 것이다. 하지만 나는 전자일 것이라고 믿는다. 그러나… (중략)… 그에게 닿을 수 있을까? 그리고 그런 존재라면 그를 처단하는 게 가능한 것인가 하는 의문들… (중략)… 그것은 이미 그의 무기가 그것을 가능하게 했고 증명했다. 그러니 그의 마지막 무구 중 하나를 남긴다.

마지막 부탁이 있다면 그를 대적함에 있어 그의 간교한 입에 속지 말라. 그리고 그의 힘을 얕봐서는 안 된다. 그는 시작과 끝을 함께하는 존재이나 어찌 된 영문인지 완전한 존재는 아니다.

그렇기에 우리의 영웅인 세크가 그에게 칼을 세운 것이다. 물론… (중략)… 그의 실패는 세상을 찢어놓고 깊은 증오와 슬픔의 연쇄를 가속했지만 이제는 그를 원망하지 않는다.

모두가 진실을 외면할 때 오로지 그와 그들의 동료만이 진실에 맞서 싸운 인물이란 것을 알기에 그저 한없이 원통할 뿐이다.

부디 성공하길 빈다. 만약 이번에도 실패한다면 필드는 존재 조차 사라지고 새로운 필드를 창조할 가능성이 크다. 그렇게 되면 새로운 곳에서 그에게 대적할 역사를 쌓는 동안 또다시 수많은 슬픔과 지옥이 펼쳐질 것은 자명한 일. 부디 성공하여 더 이상 고통받는 이가 나오지 않게 되기를 빌 뿐이다.

　　　　　　　—가벤티아 올브람의 저서 '비원' 중 일부]

　치호는 마지막 올브람의 저서를 읽어내면서 미간을 꿈틀거렸다. 시종일관 필드에 관한 걱정과 슬픔의 연쇄에 관하여, 그리고 자신의 원통함과 한에 관해 서술해 놓았기 때문이다.
　'그에게 닿는 법이라……. 또 다른 전장인가.'
　비원에는 여신이 그리도 두려움이 떨고 있는 '그'에게 닿는 방법이 적혀 있었다. 이런 내용이 적혀 있는 걸 여신은 이미 알고 있기에 그토록 치호를 말린 것 같았다.
　'그나저나 필드의 끝? 다섯 번째 필드가 필드의 끝이라는 의미인가? 하지만 그것치고는… 하나의 세상이라고 하기엔 너무 작은데?'
　치호는 지금까지 다섯 가지 필드를 경험했지만, 영웅 세크나 올브람이 말한 것처럼 세상이 찢어진 것으로 생각하기에는 필드의 규모나 수가 너무 적었다.

세상이 찢어졌다면 더욱더 많은 필드가 있을 것 같은데 비원에서 언급하는 내용은 결국 다섯 번째 필드가 끝이라는 듯한 뉘앙스였기에 의문이 든 것이다.

당장에라도 이런 의문에 관해 여신에게 묻고 싶었지만, 치호는 일단 의문을 갈무리해 두고 나머지 물품을 살폈다.

치호의 일행 역시 '비원'의 내용을 파악하느라 골머리를 썩고 있는 것 같으니 조금은 기다려 줄 셈이었다.

"인벤토리."

치호는 인벤토리를 열고 에픽 퀘스트의 성공으로 인한 보상을 살폈다. 예상대로라면 마지막 그 물품이 들어와 있을 것이다.

〈창조의 조각─에픽 등급 장비〉

─방어력: 888

─과거 신을 베었다는 타락한 영웅의 투구입니다. 믿지 못할 이력이 붙어 있으나 그것을 증명할 자료는 남아 있지 않습니다.

다만 그로 인해 영웅의 물품들은 신의 피를 머금은 채 저주를 받았고, 그중에서도 '창조의 조각'은 궤를 달리할 정도로 강한 저주와 원념이 쌓여 있는 물품입니다.

신의 저주를 받은 아이템이지만 마지막 영웅의 의지가 깃든 최후의 아이템이기도 한 물품이기에 사용에 각별히 주의하여

야 합니다.

　—특수 효과: 마력 +612, 기량 +625
　—보조 효과: 수명을 태워 상대를 멸하는 일격을 생성합니다.

　—세트 효과
　1. 검에 속성력을 씌워 일정 확률로 상태 이상(공포)을 유발합니다.
　2. 착용자의 행사를 방해할 자는 없습니다. 필드에서 스킬 사용이 자유로워집니다.
　3. 필드의 모든 존재를 드러내고 허와 실을 구분해 낼 수 있습니다.
　4. 모든 격을 무시하고 상대와 대적할 수 있습니다.
　5. (히든) 허무의 공간으로 통하는 입구를 생성할 수 있습니다.

　—내구도: 100/100

　'역시.'
　아이템을 확인한 치호는 자신이 예상한 물품이 들어와 있는 것을 확인하며 만족스러운 듯 고개를 끄덕였다. 인벤토리 안에는 영웅의 마지막 물품이 보상으로 들어와 있었다.

'투구라……. 그래서 그런지 저주가 더 강하다는 의미인가?'

더욱이 수명을 태워 힘으로 치환한다는 내용이 아니라 오히려 그 부분이 보조 효과로 따로 나와 있을 정도로 강조되고 있었다.

'차감하는 수명의 양이 궤를 달리한다는 의미인가?'

아직 물품을 제대로 사용한 적이 없기에 설명에 적힌 내용만으로 모든 것을 이해하기는 다소 부족했지만 전반적으로 마음에 드는 물품이었다.

결국 마지막 세트 네 번째 효과까지 모두 획득했다. 게다가 에픽급 장비 세트를 모두 모으자 숨겨져 있던 마지막 기능까지 드러났다. 이것은 새로운 발견이나 마찬가지였다.

'이 기능을 이용해서 영웅 세크가 최후의 전장을 옮긴 거였군. 영원의 싸움터 수트람으로 통하는 입구를 만들어서 말이지.'

수트람에서 고생하고 나온 치호는 어떻게 그런 공간에서 최후의 전투를 치렀는지 궁금했는데 이 물품의 마지막 기능으로 그것이 가능하게 만든 것 같았다.

'그곳에서라면 주변 상관하지 않고 마음껏 전투할 수 있었

을 테니… 얼마나 그곳에서 오래 전투를 벌였을지는 그 둘만 아는 것이겠군.'

영웅 세크에 관해 생각하면 할수록 재미있다는 생각이 들었으나 이내 생각을 접었다. 아직 봐야 할 것이 남아 있었다.

〈칭호—대적하는 자〉
—격이 다른 상대와 맞서야 함에도 일말의 두려움이나 흔들림 없이 상대와 맞서는 이에게 수여되는 칭호.
—특수 효과: 격의 차이에서 오는 존재감에 압도되지 않습니다.

마지막 칭호까지 읽은 치호의 입꼬리가 재미있다는 듯 살짝 올라갔다. 칭호의 특수 효과가 지금까지 나온 내용과는 조금 달랐기 때문이다.

'스테이터스 포인트나 저항력 같은 게 아니라… 격의 차이에서 오는 존재감에 압도되지 않는다? 굉장히 추상적인데?'

지금까지 칭호의 경우 스테이터스 포인트나 저항력 같은 구체적인 것에 관해 상승효과를 주는 것이 일반적이었는데 이번에는 달랐기에 궁금해진 것이다.

하지만 그런 치호의 표정에 눈치챘는지 여신이 나지막하게 말했다.

"세크의 마지막 물품까지 가지셨겠군요."

여신은 치호가 마지막으로 얻은 물품이 무엇인지 알고 있다는 듯 치호에게 말했고, 치호 역시 고개를 작게 끄덕였다. 그녀의 말처럼 세크의 마지막 물품이 에픽 아이템으로 지급되었다.

"이제는 돌이킬 수 없습니다. 올브람이 남긴 진실의 조각이 합쳐진 순간부터 그가 당신을 주시할 것입니다."

여신의 걱정 어린 말에 치호는 고개를 끄덕였다. 그 내용에 관해서는 이미 메시지를 통해 예측하고 있었다. 하지만 아직 메시지의 내용 중 정확하게 의미가 통하지 않는 것이 있어 여신에게 물었다.

"올브람이 남긴 비원의 마지막까지 읽었다. 그런데… 비원에서 언급하길 '필드의 끝'에서 마지막 진실의 조각을 얻을 수 있다고 하던데… 그렇다면 이곳 다섯 번째 필드가 끝인가?"

치호가 궁금했던 부분이다. 세계가 찢어진 상태라면 더 큰 세계가 있어야 앞뒤가 맞는데 지금까지 거쳐 온 네 필드만으로는 너무 작았기 때문이다.

치호의 질문을 들은 여신은 잠시 망설이다가 힘겹게 말문을 열었다.

"필드의 끝… 맞습니다. 이곳 다섯 번째 필드가 현재로서는 필드의 마지막이라고 할 수 있겠군요."

"현재로서는? 이전에는 더 있었다는 것으로 들리는데… 맞나?"

여신은 어쩐지 말하기 힘들어 보이는 듯했으나 치호가 다시 묻자 크게 숨을 들이쉬더니 결심한 듯 말했다.

"어차피 알게 될 일, 감춘다고 해서 될 일이 아니지요. 맞습니다. 이전에는 더 많은 필드가 있었습니다. 치호 님이 오시기 전까지는요."

"그렇다는 것은……."

"맞습니다. 감시자들입니다. 이 전쟁은 위에서부터 시작된 전쟁입니다. 저희들은 계속된 감시자들과의 전투에 쫓겨 밑으로… 밑으로 계속 내려온 것입니다."

여신의 말에 치호의 미간이 꿈틀거렸다. 여신이 이곳에 있기에 자신을 기다리고 있는 것인 줄 알았는데 감시자들에게 쫓겨난 것이었다.

"그렇다면 확실히 더 넓은 세계가 있었단 뜻이군. 어떻게 이전 필드로 이동했는지는 묻지 않겠다. 어차피 그놈에게 나눠 받은 힘이라면 어떻게든 방법을 찾아냈을 테니까. 하지만 내가 궁금한 것은 너희들이 버리고 도망 온 다른 필드는 어떻게 된 거지?"

치호는 '비원'의 마지막 언급이 있었기에 뭔가 짚이는 게 있어 여신에게 다시금 되물었다. 그러자 여신도 치호의 예상이 맞다는 듯 고개를 끄덕이며 말했다.

"정확하진 않습니다만… 정화 작업이 이루어졌을 것입니다."

"정… 화?"

"예, 자신들에게 반기를 드는 인간이란 존재를 말살하는 작업입니다. 태초의 깨끗하던 상태로 되돌리기 위한 작업 말입니다."

"하, 미치겠군. 다섯 번째 필드의 인원은 얼마나 되지? 얼마나 대피한 거야?"

여신의 말처럼 수없이 많은 필드가 있었다면 그곳에 있던 인간의 수도 상상을 초월할 것이다. 지금까지는 아이러니하게도 높은 필드로 올라가면 올라갈수록 사람이 점점 많아지고 발전도 더욱 되어 있는 상태였으니 말이다.

하지만 여신은 그런 치호의 물음에 고개만 떨어뜨릴 뿐 대답을 하지 못했다.

"제길."

여신은 대답을 하지 못했지만 이미 여신의 태도만으로도 치호는 그녀의 대답을 들은 것이나 마찬가지였기에 거친 말을 뱉었다. 그런 치호의 곁에서 두 사람의 대화를 듣고 있던 일행 역시 저도 모르게 신음을 흘렸다.

"미치겠군. 치호, 그렇다면… 다 죽은 거야? 어? 정말이야? 그럼… 우린 지금까지 왜 싸운 거야? 어? 이렇게 될 거였으면 그냥 첫 번째 필드에서 죽는 게 편했을 텐데… 제기랄 놈들, 사람을 가지고 노는 것도 유분수지!"

"아저씨, 그만해요. 치호 아저씨도 방금 들은 이야기잖아요. 치호 아저씨도 복잡할 텐데 아저씨까지 그러면 어떻게 해요?"

"후우, 답답해서그래, 답답해서! 감시자라는 놈들, 내 손에 걸리기만 해봐. 아주 사생결단을 낼 테니까."

대진은 답답한 마음을 풀 곳이 없어 애꿎은 치호에게 따지듯 물었고, 메이는 그런 대진을 말렸다. 하지만 미소만은 차분하게 마음을 잡고 여신에게 물음을 던졌다.

"여신이라고 그랬나요? 하나 물어봐도 될까요?"

다소 냉기까지 느껴지는 미소의 물음에 여신 역시 힘겹게 고개를 들고 미소를 바라봤다.

"그 감시자라는 이들, 그렇게 강한가요? 상위 필드가 존재한다면 테스터들은 더욱 강하고 특수한 아이템이 많았을 터, 그럼에도 불구하고 감시자들을 이길 수 없었던 건가요?"

미소는 이런 상황에서도 감시자들의 전력을 파악하는 게 급선무라고 판단한 듯싶다. 더욱이 미소의 예상대로 그만큼 감시자가 강하다면 싸워볼 필요도 없이 죽음만을 기다리는 처지였을 것이다. 하지만 그런 미소의 말을 기다리기라도 했다는 듯 여신이 말했다.

"아니에요. 그건 절대 아닙니다. 오히려 다른 필드보다 이곳에서 그들을 처리할 수 있는 확률이 높습니다. 그저… 저희가 너무 교만했을 뿐입니다."

이어지는 여신의 말을 들어봤을 때 감시자들의 대략적인 실력을 알 수 있었고, 연전연패할 수밖에 없는 이유 또한 전해 들을 수 있었다.

"끝까지 인간이로군."

치호는 말하면서도 입안이 썼다. 여신의 말에 의하면 상위 필드에 있던 이들 역시 여러 가지 세력으로 갈라져 끝내 서로를 믿지 못하다가 감시자들에게 암살당하거나 회유당하기 일쑤였고, 그도 아닌 이들은 그저 학살당했을 뿐이다.

그런 혼란한 상황에서도 여신은 자신의 세력만큼은 온전히 남겼을 뿐만 아니라 다른 세력에서 떨어져 나온 세력들을 규합해 지금 이 자리에 있는 것이다.

그런 여신의 말이 끝나자 일행 역시 뭐라고 표현하지 못하고 그저 입술을 깨물 뿐이었다. 그런 일행의 표정을 잠시 바라본 치호가 여신에게 말했다.

"그래서… 결국 이만큼 남았다는 거군."

"아쉽게도 그렇습니다."

"후, 그래서 신탁이니 뭐니 하면서 날 귀찮게 한 거였군."

치호는 이제야 신탁이니 뭐니 하면서 여신이 자신을 이끈 이유를 알 수 있었다. 더욱이 여신 교단의 맹목적 호의도 어느 정도 이해가 되었다.

"결국 해결책은 그 녀석을 쓰러뜨리는 수밖에 없겠군. 선택하고 자시고 할 일이 아니잖아?"

필드의 문제를 해결하기 위해서는 결국 감시자들을 조종하는 존재, 즉 필드를 만든 존재와 결착을 해야 할 것 같았다. 애초에 그와의 싸움을 피할 생각도 없었지만 지금 필드의 상황을 보면 한시라도 빨리 녀석을 만나야 했다.

"그래서… 어떻게 하면 녀석을 찾을 수 있지?"

치호는 여신에게 물었지만 여신도 치호의 물음에 시원하게 답을 해주지는 못했다.

"실은 감시자들이 움직이기 전까지는 '필드의 끝'에서 감시자들의 호위를 받으며 지내고 있을 테지만… 감시자가 직접 저희들과 전쟁을 시작한 이후로는 도무지 그의 흔적을 찾을 수가 없습니다."

"뭐야? 그럼 어쩌란 거야?"

치호는 여신의 말에 짜증이 올라오는 것 같았다. 더 이상 어디로 가야 할지 목적을 잃어버린 느낌이었다. 치호의 거친 반응을 바라보던 여신은 잠시 생각하는 것 같더니 조심스레 말을 꺼냈다.

"감시자, 감시자들이라면 그가 어디에 있는지, 무엇을 하고 있는지 알고 있을 것입니다. 하지만 그들은…….."

여신이 무언가를 말하려고 했지만, 그 말을 끝맺지는 못했다. 테스터 중 하나가 숨을 헐떡이며 달려온 것이다.

"여, 여신이시여! 큰일 났습니다!"

"무슨 일이죠? 대화를 방해하지 말라고 일러뒀을 텐데요. 그만큼 급한 일인가요?"

여신은 치호와의 대화를 방해받고 싶지 않았기에 미리 교단의 테스터들에게 주의를 준 것 같았지만, 그런 것을 무시할 만큼 급박한 일이 벌어진 것 같았다. 여신 앞에 무릎 꿇은 테스터의 낯빛은 딱딱하게 굳어 있었다.

여신은 그런 테스터의 표정에 한숨을 내쉬었다. 뭔가 일이 터진 것 같았다.

"좋아요. 말해보세요."

여신의 허락이 떨어지자 잠시 숨을 고른 테스터가 재빨리 말을 하기 시작했다.

"녀석들, 녀석들이 이곳을 습격하고 있습니다!"

"녀석들이라면…….."

"맞습니다. 감시자들이 직접 테스터들을 이끌고 이곳을 습격하고 있습니다. 일단 이러고 있을 때가 아닙니다. 피하십시오. 녀석들이 이곳을 어떻게 알았는지 몰라도 여신님께서 당하시면 안 됩니다. 여신님께서 당하신다면 더 이상 인간들에게는 희망이 없습니다. 제발… 제발 부탁드리겠습니다!"

교단의 테스터는 애원하듯 여신이 피하기를 부탁했고, 여신은 그런 테스터의 말에도 그저 치호를 바라보았다.

"치호 님, 감시자들이 움직인 것 같습니다."

여신은 치호에게 심각한 표정으로 말했지만 치호는 달랐다.

오히려 옅은 미소를 짓고 있는 것 같은 기분이 들 정도로 산뜻한 표정의 치호였다.

"그 감시자 놈들이 제 발로 찾아왔단 말이지?"

치호는 마치 귀찮은 일을 하나 해결할 수 있겠다는 듯 산뜻한 표정으로 계속해서 말을 이었다.

"그놈의 행방을 결국 감시자들에게서 알아내야 한다면… 차라리 잘됐군. 귀찮게 찾아 돌아다닐 필요 없잖아? 오히려 반겨야지. 안 그래?"

치호는 자신 있게 여신에게 말했지만 여신은 여전히 불안한 표정이다. 아직 치호의 무력을 제대로 견식한 적이 없기 때문이다. 본 적이 있다면 힘의 편린을 보았을 뿐 제대로 된 치호를 모르는 여신으로서는 불안할 수밖에 없었다.

하지만 그런 치호의 말에 일행은 아무런 의심도 없이 몸을 풀기 시작했다. 마치 치호가 싸운다면 당연히 자신들도 싸운다는 듯 움직이기 시작한 것이다.

"후, 다섯 번째 필드는 놀랄 일밖에 없군. 도착지에 와서 좀 쉬나 했더니만… 오자마자 이게 무슨 일이야, 대체?"

"우리 팔자가 편한 팔자는 아닌가 봐요."

"계집애야, 넌 그런 말은 또 어디서 배운 거야? 어처구니가 없네. 잔소리 말고 몸이나 제대로 풀어. 괜히 다치지 말고."

"치호 아저씨, 빨리 나가봐야 하는 것 아닐까요? 밖이 점점 소란스러워지고 있어요."

치호의 일행은 어느새 전투 준비를 완료했는지 서로의 긴장을 풀어주며 농담까지 건네고 있었다. 그런 치호의 일행을 보며 여신은 어리둥절했다.

지금껏 감시자들과 맞서면서 저런 태도로 맞서는 이들은 없었기 때문이다. 하지만 치호는 그런 여신의 표정 따위는 안중에도 없다는 듯이 일행에게 말했다.

"자, 몸 좀 풀어보자고. 그리고 감시자 놈들은 내가 맡을 테니까 나머지들이 날 방해하지 못하게 정리 좀 해줘."

"좋아, 다섯 번째 필드에서 내 채찍 맛을 보여줘야겠군! 어서 가자고!"

치호 일행은 전투가 벌어지는 밖을 향해 내달리기 시작했고, 그런 일행의 뒷모습을 바라보는 여신은 어떻게 행동해야 할지 갈피를 잡지 못하고 있었다.

제2장

격돌 Ⅰ

방금까지 치호와 여신의 대화로 후끈 달아올랐던 응접실에 적막이 흘렀다. 응접실에는 여신 혼자 남아 멍하니 치호 일행이 사라진 방향을 응시하고 있었다.

하지만 밖의 상황을 전한 테스터는 그런 여신의 태도와는 다르게 초조했다.

"여신님, 이러고 있을 때가 아닙니다. 어서 피하셔야 합니다."

"피하… 라고요?"

"예, 녀석들의 공세가 평소와 다릅니다. 이대로 가다간 정말 큰일 납니다. 일단 옥체를 보존하셔야 다음이 있습니다. 어서 피하십시오."

테스터는 여신에게 연신 피하라는 말만 반복했다. 그의 표정으로 보았을 때 허튼소리는 아닌 듯 진심을 다해 말하는 것 같았으나 여신은 무엇을 생각하는지 묵묵부답이다.

그러길 잠시, 여신이 힘겹게 입을 떼며 테스터에게 말했다.

"어디로… 가야 하죠?"

"일단 이전 필드로 움직이심이 어떻습니까? 네 번째 필드의 저희 교단 교세가 점점 회복되고 있답니다. 그러니 이제는 이동하셔도 괜찮을 것 같습니다."

"또 필드를 넘어 도망가야 하는 거군요. 그러면 그다음은 어쩌죠? 그리고 그다음은요? 도망만 다니는 우리에게 희망은 있을까요?"

여신의 말에 테스터는 그 앞에 무릎을 꿇으며 애걸하듯 말했다.

"마음 단단히 잡으셔야 합니다. 여신님이 계시기에 지금 저희가 이렇게 버티고 있는 것입니다. 여신님이 무너지시면 더 이상 필드의 미래는 없습니다. 아니, 필드가 아니라 저희 인류에게는 미래가 없습니다."

"하, 테스터라는 존재들이 처음 나타났을 때 이런 결말이 나올 줄 전혀 예상조차 하지 못했죠. 어쩌면… 세크는 이미 알고 있던 것일까요? 그래서 테스터들이 처음 모습을 보일 때부터 그를 상대하기 위해 준비했던 걸까요? 전 아직도 그걸 모르겠어요."

여신은 영웅으로 불리기 전 세크와의 첫 만남을 떠올리며 회상에 잠겼다. 그와 함께한 꿈같은 시간을 회상하는 여신의 눈가가 촉촉해졌다.

하지만 이내 감정을 추스르고 자리에서 일어난 그녀의 표정에는 더 이상 망설임도 흔들림도 없었다.

"저는 더 이상 도망가지 않습니다."

"여, 여신님!"

교단의 테스터는 여신의 말에 당황했는지 여신을 크게 불렀다. 하지만 여신은 그런 반응에도 고개를 가로저으며 계속해서 말을 이었다.

"어쩌면 이번이 마지막 기회일지도 모릅니다. 아무리 저희가 감시자들에게 대항한다 해도 힘의 원류가 그들의 것, 그러니 우리의 반항은 무의미할 수밖에 없을 테죠. 하지만 나의 옛 친구들… 모든 걸 알고 계획한 셀렌, 그들에게 대항할 수 있게 무구를 준비해 준 벨리안, 세크의 친우이자 무(武)의 스승과도 같았던 바르시, 고독했지만 묵묵하게 고된 일을 행한 아보크와 스스로를 희생한 와린까지 모두가 인정한 그입니다. 그런 치호 님이 함께하는 지금 이 순간을 놓쳐서는 안 됩니다."

여신은 테스터에게 말을 하면서도 스스로에게 다짐하는 듯한 말투였다. 여신의 단호한 태도에 여신을 설득해 보려던 테스터 역시 더 이상 아무 말도 할 수 없었다.

"준비하세요. 이제는 반격의 시간이 왔습니다. 더 이상 도 망치지도, 숨지도 않습니다. 모두에게 알리세요. 치호 님과 반격의 신호탄을 쏘아 올릴 때라고."

"옙, 알겠습니다!"

테스터는 여신의 말에서 무언가를 느낀 듯 주먹을 꽉 쥐고 대답했다. 사실 여신을 대피시키기 위해 이곳에 왔지만 이런 상황은 그 역시 바라던 상황이었기 때문이다.

하지만 아직 준비가 되지 않았다고 생각했는데 여신이 드디어 결정을 내린 것이다.

여신의 명령을 받든 테스터는 재빨리 이 사실을 알리기 위해 움직였고, 여신 또한 전투를 준비하기 위함인지 움직임을 서둘렀다.

*   *   *

"장난 아닌데? 저게 다 감시자 놈들 편에 선 녀석들이라고? 미친놈들이 대체 뭐가 좋다고 저쪽에 붙은 거야? 제정신인가?"

대진은 전투가 벌어지고 있는 곳을 보고서 혀를 내둘렀다. 그 인원이 어림짐작도 할 수 없을 만큼 많았기 때문이다.

하지만 그럼에도 불구하고 대항하는 여신의 테스터 역시 만만치 않았다. 필드를 빼앗기면서도 계속해서 모은 세력이 었기에 그 숫자 역시 엄청났다.

"아저씨, 전투를 치르고 있는 테스터들의 수준이 확실히 높아요. 그런 것 같지 않아요?"

메이의 말에 치호가 말없이 고개를 끄덕였다. 정말 네 번째 필드와는 비교도 할 수 없을 정도로 테스터들의 실력이 높은 데다 조직력 또한 뛰어났다.

'게다가 몸을 사리지 않는군. 어차피 여기서 밀리면 끝장이라는 건가?'

감시자 세력과의 전투는 그 어떤 때보다 치열했고 누구 하나 몸을 사리는 이가 없었다. 그들도 알고 있는 것이다. 이번 전투에서 밀리면 도망갈 곳도 없다는 것을. 그리고 남은 것은 오로지 죽음뿐이라는 것을 말이다. 그렇기에 테스터들은 몸을 사리지 않고 자신의 힘을 모두 끌어 올려 사용하는 것 같았다.

하지만 그런 여신 교단 테스터들의 분투에도 불구하고 전선은 점점 밀리고 있었다. 감시자들의 지원을 받은 테스터가 압도적인 힘과 숫자로 전선을 강제로 밀어내고 있었기 때문이다.

"치호 아저씨, 이러다가 완전히 와해되고 말겠어요. 뭔가 수를 내야 할 것 같은데… 방법이 없을까요?"

"큰일인데? 치호, 이거 우리 힘으로는 턱도 없겠어. 저 숫자를 봐. 우리 넷이 낀다고 해서 뭐가 달라지긴 할까 싶은데 말이야."

"지휘관! 우리가 따로 움직이면서 지휘관을 쳐버리는 건 어때요? 그러면 저들도 혼란스러워하지 않을까요? 그 빈틈을 여신 교단 테스터가 찌르는 방식으로요."

치호는 일행의 대화를 들으며 고개를 끄덕였다. 치호 역시 같은 생각을 하고 있었다. 그간 함께 움직인 시간이 꽤 됐기 때문인지 전장에서 가장 효과적으로 대처하는 방법쯤은 배워둔 것 같았다.

하지만 무엇보다도 앞뒤 재지 않고 전장에 뛰어들어 '전장의 광녀'라고 불리던 미소가 전략을 생각해 냈다는 것 자체가 대견했다. 치호는 그런 미소를 보며 대견하다는 생각이 들었지만 얼른 표정을 지우며 말했다.

"대진 말대로 지금은 너무 전선이 광범위하게 퍼져 있어. 게다가 전투 인원도 많고. 그러니 미소의 전략에 따라 우리가 퍼져서 각 수장의 목을 치는 게 더 효과적이겠어. 문제는 놈들의 수장이 누구냐 하는 건데… 제길, 전선이 넓어서 제대로 파악이 되질 않는군."

전선이 워낙 넓게 퍼져 있다 보니 전황을 제대로 파악할 방법이 없었다. 게다가 점점 밀리는 아군은 사기가 점점 떨어지는 것이 눈에 보일 정도였다. 상황이 이러니 치호의 마음은 점점 초조해져만 갔다.

"일단 따라와. 전선부터 확인한다."

치호는 일단 일행을 데리고 움직이기 시작했다. 각자 퍼져서 수장을 상대하라고 하면 편할 테지만 그러다가 감당하기 힘든 적을 만난다면 오히려 목숨이 위험해지기 때문에 일단 전선 전체를 파악할 때까지는 일행과 같이 움직일 생각이다.

하지만 치호의 그런 생각은 오래가지 못했다. 일행과 전선의 이곳저곳을 돌아다니며 전황을 파악할 때 불현듯 낯익은 기척 하나를 느낀 것이다.

"……."

"어이쿠, 깜짝이야! 치호, 갑자기 왜 멈춘 거야?"

"타(打)! 대진 아저씨! 뒤 조심이요!"

"볼프의 채찍!"

치호가 익숙한 기척에 집중하는 순간 다리가 멈춰 버렸

고, 그런 일행을 향해 상대 세력 테스터들의 공격이 쏟아져 들어왔다. 하지만 대진과 메이, 그리고 미소는 그들의 공격을 수월하게 막아냈다.

다섯 번째 필드에 올라온 지 얼마 되지 않았음에도 그들의 공격을 수월하게 처리해 내는 걸 보면 일행의 실력 역시 일반적인 테스터들을 아득하게 초월해 있음을 알 수 있었다.

그간 치호가 상대해 온 적들이 너무 강했을 뿐이지 대진을 비롯한 일행의 실력이 약한 게 아니었다. 치호와 그들의 적이 터무니없이 강했던 것이다.

"아리온의 광기!"

"언니, 그 스킬, 괜찮은 거예요?"

"이젠 괜찮아! 치호 아저씨가 준 아이템 덕분에 마음껏 쓸 수 있어! 오랜만에 몸 좀 풀어보자고!"

〈아리온의 광기〉는 미소가 '전장의 광녀'로 불릴 당시 그녀의 대표 스킬이나 마찬가지였는데 치호와 함께하며 해당 스킬을 자제하고 있었다. 하지만 치호가 선물한 아이템 덕에 마음껏 스킬을 사용할 수 있게 되었다.

미소는 오랜만에 전력으로 전투를 할 수 있어서인지 오히려 즐거워 보이기까지 했다. 하지만 그녀는 과거 '전장의 광녀'라고 불리던 때와는 달리 절제된 움직임을 보였고, 아이템 덕분에 오히려 그 당시보다 강해진 것 같았다. 그간 치호의 움직임을 보며 최적의 검로를 알게 모르게 체득했기 때문이다.

"치호! 대체 왜 그래? 여기서 계속 싸울 거야?"

미소와 메이, 그리고 대진까지 감시자들의 세력을 무리 없이 상대하고 있었지만, 치호는 여전히 제자리에서 꿈쩍도 하고 있지 않았기에 대진이 소리쳐 물은 것이다. 상황이 지체되면 지금은 괜찮아도 몰려드는 적들 때문에 몸을 빼기 힘들어진다.

"대진, 셋이서 뭉쳐 다니면서 아까 말한 전략을 수행해! 메이와 미소를 챙겨! 난 상대해야 할 놈이 생겼어! 98인의 악몽!"

치호는 아까부터 집중하던 기척에서 무언가를 느꼈는지 재빨리 행동에 들어갔다. 치호가 불러들인 악몽들은 순식간에 치호 주변으로 소환되기 시작했고, 그들이 모두 소환되자 치호는 재차 악몽들에게 명령했다.

"너희들, 대진의 말에 따라 움직이고 있어라. 그리고 내 일행의 안전을 최우선으로 하는 것 또한 잊지 말고. 대진, 악몽들을 네게 맡긴다!"

"어? 갑자기 무슨……?"

"투사의 발걸음!"

치호의 급작스러운 행동에 대진은 치호를 부르려 했지만

목적을 달성할 수 없었다. 이미 치호가 스킬까지 써가면서 그들과의 거리를 빠르게 벌린 것이다.

"허 참, 뭐가 어떻게 돌아가는 건지……."

"대진 아저씨, 치호 아저씨가 뭔가를 발견한 것 같아요. 일단 믿어보자구요. 치호 아저씨가 어디서 당할 아저씨도 아니고 우린 우리대로 움직여요."

"대진 아저씨, 이쪽에 악몽들 좀 보내요! 밀리고 있어요!"

미소의 지원 요청에 대진은 얼굴을 구겼다. 상황이 점점 빡빡하게 돌아가고 있었기 때문이다.

"제길! 치호, 무사히 돌아와야 해! 악몽 30명! 미소 쪽으로 가서 도와줘! 미소는 적당히 상대하다가 악몽들과 자리를 교체해! 메이 너도 마찬가지고! 우린 우리대로 수장들을 처리하러 가자고!"

대진은 전황이 생각과는 다르게 돌아가 잠시 혼란스러웠지만, 그간 치호와 함께한 시간이 오래되었고 메이, 미소와 합을 맞춰 전투한 경험 또한 많았기에 무리 없이 상황에 대처해 나가기 시작했다.

하지만 그런 대진의 머릿속의 한쪽에는 치호에 대한 걱정이 자리 잡고 있었다. 치호는 저렇게 혼자 움직일 때마다 감당할 수 없는 적들을 혼자 상대해 왔다.

더욱이 로펠로의 영역 테마탄에서는 전투로 인해 정신을

잃기까지 했기에 걱정이 되는 것은 당연했다. 하지만 대진이 그런 치호를 대신할 수도 없는 노릇이니 그저 이를 악물 수밖에 없었다.

'치호, 무사히만 돌아와라. 내가 네 적은 상대할 순 없어도… 최소한 네가 돌아왔을 때 쉴 수 있게는 해줄 테니까.'

대진은 치호가 어떤 상대로 돌아오건 그사이 전장을 평정해 두려는 것 같았다. 그래야 치호가 돌아와서 편히 쉴 수 있기 때문이다. 그런 생각은 대진뿐만 아니라 메이와 미소 또한 마찬가지인지 일행의 움직임은 더욱 날카로워졌다.

*   *   *

'제길, 거치적거리는 놈들이 한둘이 아니군.'

치호는 자신이 느낀 무엇인가를 확실히 하기 위해 일행과 떨어져 감시자의 세력 깊숙한 곳까지 침투했다.

하지만 치호가 의문을 해결하기도 전에 발목을 잡는 녀석들이 있었다. 다름 아닌 감시자들의 편에 선 테스터들이었다.

"저놈 잡아! 배짱 하나는 좋군. 이곳까지 혼자 돌파하다니."

"실력이 보통이 아니다! 어설프게 달려들었다간 오히려 당한다! 원거리 스킬 가진 놈부터 빨리 나와!"

"크악! 이 검은 불은 뭐야! 빨리 꺼줘!"

"사, 살려줘! 검은 불이 꺼지질 않아!"

치호가 〈투사의 발걸음〉으로 일으킨 검은 불꽃이 감시자들의 진영을 헤집어놓았지만 그것만으로는 조금 부족한 것 같았다. 치호의 앞길을 가로막는 테스터의 숫자는 그만큼 많았다.

"저놈을 죽이면 저 이상한 불길도 꺼지겠지. 일단 저놈부터 잡아! 그래야 다른 놈들도 산다! 정신 똑바로 차려!"

치호의 검은 불길이 상대 세력의 테스터들에게 잠시 혼란을 야기하긴 했지만 금세 정비하는 모습이다. 그들 역시 기본적으로 다섯 번째 필드까지 넘어온 실력자들이기 때문에 이런 상황에 대한 대처도 빨랐다.

'제길, 골치 아프게 됐군.'

생각만큼 일이 잘 풀리지 않자 치호의 미간이 점점 찌푸려졌다. 한숨을 푹 내쉰 치호가 허리춤에 꽂아둔 파멸의 조각에 손을 올렸다. 이곳까지는 특별한 충돌 없이 〈투사의 발걸음〉을 통해 강행 돌파할 수 있었지만 여기서부터는 부득이하게 손을 써야 할 것 같았다.

"잠깐 확인할 게 있으니까 좀 비켜주는 게 어때?"

"뭐? 허, 이런 미친놈이 다 있나. 필드가 아무리 미친놈 천지라지만 네놈 같은 녀석이 아직도 살아 있는 게 용한데? 너 뭐야? 뭐 하는 놈이야?"

"여기 있는 놈 중에 저 녀석 아는 놈 없어? 저런 미친놈이라면 필드에서 이름 좀 날렸어도 날렸을 것 같은데?"

치호가 던진 퉁명스러운 한마디에 주변을 포위하고 있던 테스터들이 하나둘 입을 떼기 시작했다. 이런 불리한 상황에서 너무도 태연한 표정을 짓고 있는 치호에게 위화감을 느껴 섣불리 달려들지 못하고 망설이는 것이다.

하지만 치호에 관한 정보를 알고 있는 이는 아무도 없었다. 치호가 다른 이들에 비해 필드를 돌파한 시간이 굉장히 빨랐기에 치호가 활동하던 필드에서 치호를 본 이들이 없는 것이다.

치호는 그런 이들을 보며 한숨을 내쉬었다. 이렇게 많은 인원이 있음에도 불구하고 대치 상황이 되자 자신에게 달려드는 이가 하나도 없다는 것이 어처구니가 없었다.

'참, 지들 몸 하나는 확실히 챙기는 놈들이군.'

안쪽으로 돌파하려고 할 때는 그렇게 막아서더니 막상 대치 상황이 되니 이런 식으로 망설이는 그들을 보니 테스터들의 성향을 확실히 파악할 수 있었다.

"이봐, 너희들, 안 싸울 거면 길 좀 트지? 확인해 볼 게 있다고 말했을 텐데?"

치호가 파멸의 조각을 완전히 뽑아 들고 슬슬 살기를 풀어내자 상대 테스터들이 주춤거렸다. 치호가 풀어내는 농도 짙은 살기가 얼마나 위험한지 알고 있기에 망설이는 것이다.

오히려 아무것도 모르는 테스터였다면 용기 있게 치호에게 달려들었겠지만, 어느 정도 기감이 열리고 많은 전투를 겪은 테스터들이기에 치호의 살기에 더욱 민감하게 반응하는 것이다.

"너, 너 같은 놈이 있다는 소리는 한 번도 못 들었는데… 활동 필드가 몇 번째 필드였지?"

"참나, 쓸데없이 시간 끌지 마라. 세뮬라의 마력검!"

"제, 제길!"

치호는 얼토당토않은 말로 어설프게 시간을 끌려 하는 테스터들에게 〈세뮬라의 마력검〉까지 발동시키며 빠르게 쇄도했다. 시간 여유가 있었다면 잠시 그들과 이야기를 해 볼 법도 했지만 지금은 여유를 부릴 시간이 없었다. 지금 이 순간에도 대진과 메이, 미소는 치열하게 싸우고 있을 것이기에 빨리 기적의 주인을 확인하고 돌아가야 했다.

"겨우 칼질… 컥!"

폭발적으로 튀어 나간 치호의 검이 무심히 테스터 하나에게 휘둘러졌고, 그 검을 받은 테스터는 코웃음을 치며 막으려 했지만 테스터의 생각과 정반대의 결과를 만들어냈다.

〈세뮬라의 마력검〉까지 사용한 치호의 검이 상대 테스터의 방어를 완전히 무시하며 테스터 하나를 머리부터 시작해 반으로 갈라 버렸기 때문이다.

촤악!

동시에 터져 나오는 피.

하지만 치호는 그런 피 따위는 몸에 단 한 방울도 허용하지 않겠다는 듯 빠르게 몸을 움직여 다음 테스터를 향해 검을 휘둘렀다. 그런 치호의 검을 받은 테스터들은 자신에게 무슨 일이 일어났는지도 모른 채 숨통이 끊어졌다.

"뭐, 뭐야!"

순간 멍하니 그 광경을 바라보던 테스터 하나가 퍼뜩 정신을 차리고 외치자 주변의 테스터들 역시 엉거주춤 공격에 대비했다.

하지만 자신의 눈앞에 펼쳐지고 있는 이 말도 안 되는 꿈같은 상황에 아직도 현실감이 없는 것 같았다. 테스터 열 명 정도가 쓰러져 검은 재로 변해가고 있을 때 치호는 그제야 검을 멈추고 무심히 말했다.

"내 앞을 가로막으면 무조건 죽는다. 살고 싶으면 비켜."

짧은 한마디였지만 그 효과는 어마어마했다. 치호가 가는 길로 천천히 길이 열리기 시작한 것이다.

'참나, 겨우 이런 놈들이라니. 지켜야 할 것도, 싸우는 목적도 모르는 놈들인가? 아니면… 믿는 구석이 있는 거겠지.'

그 어떤 전장에서도 이런 식으로 길이 열리는 경우는 드물었다. 각자가 뭔가 지킬 것이 있거나 지휘관이 그렇게 두질 않기 때문이다. 하지만 지금은 달랐다. 치호가 나설 때부터 어쩐지 애꿎은 테스터들만 보일 뿐 지휘관으로 느껴지는 인물이 단 하나도 눈에 띄지 않았다.

'아무래도 뭐가 있긴 있는 게 틀림없군.'

마치 자신을 안쪽 깊숙한 곳으로 유인하는 것 같은 느낌이 들었지만 치호는 망설이지 않고 더 깊숙한 곳으로 발걸음을 옮겼다. 지금 이 상황에서 함정일 것 같다고 망설일 필요도 없을 뿐만 아니라 함정이라 할지라도 그것을 깨고 돌파해야 하기 때문이다.

"투사의 발걸음!"

자신을 포위한 테스터들에게서 전투 의사가 느껴지지 않자 치호는 다시금 〈투사의 발걸음〉을 이용해 기적의 진원지로 빠르게 이동해 갔다.

그러길 잠시, 테스터들이 몰려 있는 한가운데 허공에서 무언가 느껴지기 시작했다.

'저곳인가?'

치호는 아무것도 없는 허공을 응시했다. 분명 아무것도 없

는 허공이었지만 치호가 느끼고 있는 기척은 틀림없이 느껴
본 적 있는 것이었다.

"앞 열 놈들은 뭐 하는 거야? 이런 미꾸라지 같은 놈 하나
막지 못하고!"

"혼자 날뛰는 날파리 같은 놈은 어서 처리하고 여신의 개
들을 처리하고 가자고!"

"커헉!"

"뭐, 뭐야! 컥!"

더 깊은 안쪽에 있어서 앞의 상황을 제대로 모르는 몇몇
테스터가 치호에게 공격을 감행했지만, 치호는 무심히 그들
의 명줄을 끊어버렸다. 그러고는 기척이 느껴지는 허공을 응
시하며 나지막하게 말했다.

"감시자로군."

치호는 입술이 살짝 비틀려 올라갔지만 시간을 지체하지
않고 그대로 뛰어올라 파멸의 조각을 빼들어 허공에 대고 그
대로 찔러 넣었다.

꾸드드득!

그저 바람 가르는 소리만 나야 할 치호의 파멸의 조각에
서 기묘한 소리가 울려 퍼지기 시작했고, 동시에 허공에 실
금이 그어지기 시작했다.

네 번째 필드에서 치호가 감시자를 끌어낸 방법을 파멸의

조각을 통해 그대로 재현해 낸 것이다. 다른 점이 있다면 그때는 검은 힘에 휘감긴 손을 공간의 틈에 강제로 쑤셔 넣어 감시자를 잡아 끌어냈지만, 이번에는 파멸의 조각과 에픽 아이템 세트 효과 중 하나인 허와 실을 드러내는 기능을 이용해 감시자가 숨어 있는 공간 자체를 박살 내버리려는 것이다.

콰장창!

파멸의 조각이 찔러들어 간 허공에서 무언가 부서지는 듯한 소리가 났고, 일순 허공에 생긴 실금이 마치 거울 깨지듯 부서져 내리며 한 인영이 모습을 드러냈다.

"반갑군."

모습을 드러낸 감시자를 보며 치호는 입가에 옅은 미소를 지었다. 감시자의 목 부위에 아직 완벽하게 치료되지 않은 선명한 상처 자국이 길게 있었기 때문이다.

"우리 구면… 맞지? 여기서 또 보는군."

치호는 모습을 드러낸 감시자가 여간 반갑지 않았다. 지난 번에 어처구니없이 녀석을 놓쳤기에 반가운 것이다. 하지만 그와 반대로 감시자의 표정은 구겨졌다.

"헛! 감시자님이잖아!"

"맙소사, 감시자님이 직접 전장에 나오셨다고? 왜? 아니… 어디서?"

"이게 뭔 일이지? 제길, 괜히 불똥 튀는 거 아니야?"

치호를 제거하려 들던 테스터들은 갑작스레 나타난 감시자의 존재가 부담스러운지 한 발 물러섰다. 괜히 감시자들이 나선 일에 끼어들었다가 피해만 볼 것이 뻔하기에 물러선 것이다.

"어떻게… 날 찾아낸 거지? 지난번엔 그 이상한 공간 때문이라고 생각했는데… 무슨 수를 쓴 거냐?"

감시자는 자신의 존재를 두 번이나 들켰다는 것이 충격인 듯싶었다. 더욱이 치호는 이곳과 멀리 떨어져 있었는데 정확하게 자신의 존재를 감지하고 일직선으로 달려왔기에 의심할 여지가 없는 것이다.

"한 번 했는데 두 번째라고 못 할 것 없지. 그런 것보다 네 목숨을 걱정해야 할걸? 이번엔 다를 거니까."

치호의 말투에서 냉기가 뚝뚝 떨어져 내렸다. 말에 살기를 담아 보내는 것은 물론이고 감시자를 직접 처리할 수 있는 절호의 기회였기 때문이다. 더욱이 이번에는 네 번째 필드와는 다르게 정신적으로나 육체적으로 컨디션이 최상의 상태이니 녀석을 상대하기에 무리가 없었다.

하지만 감시자 녀석은 치호에게 한 번 호되게 당한 주제에 여유롭게 비릿한 미소를 짓기 시작했다.

"크크크. 역시 기껏해야 테스터로군."

"왜 쓸데없이 말을 돌려? 죽을 때가 되니 떨리나?"

치호는 녀석에게 한 발짝 다가서며 점점 거리를 좁혔다. 녀석을 사정거리에 두려는 것이다. 하지만 그런 치호의 과감한 행동에도 감시자 녀석은 그저 치호를 비웃는 것 같은 미소를 보이며 말을 이었다.

"내가 겨우 네놈 같은 테스터 놈에게 죽을 것 같은가? 한 번 놀아줬다고 너무 우습게 보는군. 게다가 날 상대하기 전에 네 동료부터 걱정해야 할 텐데?"

"뭐?"

"크크크, 지금쯤 네 동료에게 내 부하들이 하나씩 찾아갔을 것이다. 그렇다면 그들의 목숨 또한 보장할 수 없지. 아니, 벌써 죽었으려나? 그건 알고 그렇게 지껄이는 건가?"

감시자의 말에 치호의 얼굴이 딱딱하게 굳었다. 이런 상황을 예측하지 못한 것이다.

처음 전투가 시작될 때 미소가 생각한 작전을 그대로 감시자 측에서도 사용한 것이다. 즉, 치호 일행이 상대방의 지휘관급을 노리는 것처럼 상대방도 치호와 그 일행, 그리고 여신 교단의 수뇌부를 찾아 감시자들이 직접 타격할 계획을 세운 것이다.

'제길, 당했군.'

치호는 자신의 실책을 깨닫고 입술을 깨물었다. 급작스러운 전투 상황에 너무 안일하게 대책을 짜고 나온 것이다. 사실 여신과의 대화에서 치호도 알게 모르게 충격을 받아 정신이 없던 것이 실책의 요인이 되었다.

제3장
격돌 II

감시자의 말을 듣고 일순 난감한 표정이 된 치호를 본 감
시자는 이 상황이 마음에 드는지 얼굴에 미소가 번지기 시
작했다.

자신감 넘치던 치호의 얼굴이 구겨지는 게 썩 마음에 들
었다.

"크크크, 네놈 얼굴도 구겨지긴 하는군. 아주 꼴이 좋아."

감시자는 갑작스레 이 전장으로 끌려 나와 흐트러진 옷매
무새를 고치며 치호에게 말했다. 감시자는 치호가 보이는 모
습에 안정을 찾고 있었다.

하지만 치호는 그런 감시자의 말 따위는 애초에 신경조차 쓰지 않았는지 재빨리 〈영혼의 메아리〉를 통해 일행에게 통신을 하기 시작했다.

"대진, 그곳에 감시자들이 출현했나?"

치호가 〈영혼의 메아리〉를 통해 통신을 시도했지만 기다리는 대답은 들려오지 않았다. 그저 침묵만이 감돌 뿐이다.

그럴수록 치호의 낯빛은 점점 어두워져 갔다. 그런 치호의 모습을 보며 감시자는 통쾌하다는 듯이 자신의 목 언저리의 상처를 쓰다듬으며 말했다.

"네놈이 준 이 상처, 무슨 짓을 했는지 모르겠지만 아직도 회복되질 않더군. 게다가 앞으로도 흉터는 남아 있을 거라고 해서 네놈을 꼭 만나고 싶었는데… 이렇게 좋은 기회를 주다니 고맙다고 해야 하나?"

치호의 얼굴빛이 어두워질수록 녀석의 비아냥거림은 도를 넘어가고 있었다. 하지만 치호는 그런 감시자를 없는 존재 취급하며 오로지 일행에게서 답이 오길 기다렸다.

'돌아가야겠어. 감시자 놈도 문제지만 대진이나 메이, 미소가 당하게 둘 순 없어.'

감시자를 앞에 두고 잠시 고민하던 치호는 아무런 답이 없는 일행이 걱정되어 발길을 돌리기로 결심했다. 눈앞에 있는 감시자를 반드시 처리해야 하지만 그것보다도 일행의 안

위가 더 중하기 때문이다.

하지만 치호가 〈투사의 발걸음〉을 사용해 다시 일행에게
로 돌아가려는 순간 반가운 목소리가 치호의 귓가에 맴돌기
시작했다.

─크후! 치호! 여기 감시자가 나타났어!

─아저씨, 테스터들을 이끌면서 직접 명령을 내리고 있는
놈들이 감시자예요! 조심하세요!

─저도 괜찮아요! 확실히 아저씨가 준 아이템 때문인지 감
시자라 해도 상대 못 할 정도는 아니네요! 예전처럼 움직여
도 부담이 없어요!

치호는 발길을 돌리려다가 그대로 우뚝 서서 반가운 목소
리를 들었다. 세 사람의 목소리가 모두 들리는 걸 보니 일행
이 아직은 안전한 것 같았다. 게다가 미소는 감시자까지 상
대할 여력이 된다고 하는 것 같아 재빨리 일행에게 묻기 시
작했다.

"괜찮은 건가? 거기 감시자는 몇 놈이나 있지? 상대할 수
있는 수준이야?"

치호답지 않게 질문을 쏟아냈지만 일행은 지금 그런 것을
따지고 있을 처지가 아닌지 재빨리 답을 해주기 시작했다.

─하마터면 정말 위험하긴 했지. 갑자기 허공에서 튀어나
왔으니까. 정말 죽을 뻔했다니까.

대진의 목소리에서 처음 습격을 받았을 때의 긴박감이 느껴지는 것 같았다. 그런 대진의 말을 이어받아 미소가 말을 이었다.

─여신 덕분에 목숨을 건질 수 있었어요. 여신이 감시자들이 출현하기 직전 알려주지 않았다면 위험했을 거예요.

"여신? 여신이 전장에 합류했나?"

─네, 여신이 세력을 이끌고 전장에 합류했어요. 그 덕분에 출현한 감시자들을 상대할 수 있던 거예요.

치호는 미소의 말을 듣고 나자 저절로 안도의 한숨이 나왔다. 일단 위기는 넘긴 것 같았기 때문이다.

"다행이군. 그래서 모두 처리한 건가?"

─저희를 습격한 감시자들이 이게 전부라면요. 하지만 여신 말로는 일부에 지나지 않는다고 해요. 게다가 감시자들의 수장이 모습을 드러내지 않았다면서 아저씨한테 조심하라고 전해달래요. 아저씨를 직접 노릴 수도 있다구요.

"일단 다행이군. 다행이야."

─그리고 확실히 여신 교단의 최정예는 최정예인가 봐요. 저희하고 비교해도 그렇게 실력이 처질 것 같지 않은 이들이 몇몇 보여요.

"후, 알았다. 일단 안전한 걸 알았으니 됐다. 무슨 일이 있으면 바로 알려줘. 그리고 그 수장이라는 놈, 내 앞에 있는 거 같으니까 이놈은 내가 확실히 처리하도록 하지."

—네? 자, 잠깐만요!

미소가 화들짝 놀라며 치호에게 상황을 물으려 했지만 치호는 〈영혼의 메아리〉 통신을 끊었다. 눈앞의 녀석에게 집중할 시간이기 때문이다.

"이런 머저리 같은 놈들!"

치호가 통신을 끊고 감시자에게 시선을 돌렸을 때 치호 앞의 감시자 또한 어딘가와 통신을 한 모양인지 욕지기를 뱉어내고 있었다.

아마도 일행에게 파견된 감시자들로부터 들어온 통신 같았다. 그런 모습을 보며 이번에는 치호의 얼굴에 웃음이 피어나기 시작했다.

"왜, 일이 잘 안 풀리나 봐?"

치호는 넌지시 감시자에게 말을 건넸지만 감시자는 그저 구겨진 얼굴로 치호를 노려볼 뿐이다.

"그러게 우리 일행을 너무 우습게 본 거 아니야? 감시자라 해도 별수 없군. 안 그래?"

"건방 떨지 마라, 황치호."

"방금 전까지 건방을 떨던 게 누구였더라? 응?"

치호는 녀석을 흔들어보겠다는 심산으로 살짝 긁어봤지만 금세 평정을 되찾은 모습이다.

"후우, 그래, 잠시 연장된 생을 충분히 즐길 수도 있겠지. 이번에는 생각지 못한 여신의 저항에 실패한 것 같다만 다음에는 살려달라고 애원하게 될 것이다."

"다음?"

치호는 녀석의 말에 조소를 띠며 말했다.

"다음이 네게 있을까?"

말이 끝난 순간 감시자의 눈썹이 치켜 올라갔고, 치호는 그런 감시자의 태도 따위는 상관없다는 듯 파멸의 조각을 고쳐 잡고 말했다.

"너, 감시자 중에서도 꽤 높은 지위에 있는 모양이더군. 아주 잘됐어. 네놈에게 물어보고 싶은 게 있으니까 쉽게 죽을 생각은 하지 마라."

"한낱 테스터 주제에 건방진!"

"투사의 발걸음, 세뮬라의 마력검."

감시자는 치호의 말에 분노한 것 같았으나 그것을 표출하진 못했다. 치호가 재빨리 스킬과 검은 힘을 동원해 감시자에게 일검을 날렸기 때문이다.

카드드득.

"크흐, 테스터 따위가 과분한 힘을 가졌구나. 하지만 그래 봐야 테스터. 이번 기회에 네놈을 깔끔하게 처리하고 여신의 목을 그분께 바치면 그분께서 날 다시 보시겠군."

"테스터에게 죽을 수도 있다는 걸 지난번에 깨닫지 못했나 보지? 그리고 그분이라는 놈을 나도 만나고 싶은데 말이야."

"네놈 같은 미천한 테스터 따위가 뵐 분이 아니다! 죽어라!"

감시자는 치호와 대화를 하면서도 치열하게 공방을 이어 나갔고, 한 번만 실수해도 그대로 숨통이 끊어질 수 있는 치명적인 공격이 계속 이어졌다.

더욱이 치호와 감시자가 벌이는 전투의 여파가 그대로 주변에 퍼져 나가 피해를 주기 시작했다.

"크악! 사, 살려줘!"

"검은 불길이다! 피해!"

"감시자님과 싸우는 테스터! 그게 가능한 거야? 애초에 저항이 가능한 거냐고!"

"미친! 저게 우리랑 같은 테스터가 맞긴 맞는 거야?"

"테스터면 어떻고 뭐면 어쩔 거야! 어서 피해! 근처에 있다가는 다 죽는다! 어서!"

전투의 여파가 주변으로 퍼져 나가기 시작하자 그 피해를 고스란히 테스터들이 입었다. 하지만 치호는 일부러 그런 효과를 노린 듯 일부러 전장을 넓게 사용하고 있었다.

〈투사의 발걸음〉은 어차피 치호의 발걸음이 옮겨진 곳마다 검은 불길이 치솟는 스킬이고 검은 불길을 크게 키울수록 자신에게 유리하기 때문이다.

더욱이 치호가 주변의 피해를 더 키우는 이유는 이곳이 여신의 진영도 아닌 오로지 감시자의 진영이기에 아군을 걱정할 필요가 전혀 없었기 때문이다.

오히려 전투의 여파로 감시자들 진영의 테스터가 많이 상하면 상할수록 전장 전체로 보았을 때 유리하게 이끌어갈 수 있었다. 그 때문에 치호는 굳이 〈아보크의 싸움터〉를 발동시키지 않고 전투를 진행하며 전장을 크게 쓰고 있는 것이다.

하지만 치호와 전투 중인 감시자는 그저 교묘하게 자신의 공격을 빠져나가는 치호의 모습을 보며 외칠 뿐이었다.

"놈! 언제까지 도망만 다닐 거냐!"

"도망? 헛소리를 좋아하는군."

"닥쳐라!"

까앙!

치호의 파멸의 조각과 감시자의 손이 그대로 허공에서 부딪쳤고, 생각과 달리 금속이 부딪치는 소리가 들렸다. 감시자는 특별히 무기를 들지 않고 그저 맨손을 사용하는데도 불구하고 치호의 파멸의 조각과 버금가는 힘을 응축했는지 버텨낸 것이다.

"크크크, 과연 테스터는 테스터로군. 네놈이 아무리 실력에 자신 있더라도 그분께 직접 받은 이 힘에는 발끝에도 미치질 못할 테지. 포기하고 목숨을 내놔라."

치호가 〈세뮬라의 마력검〉으로 강화한 파멸의 조각을 내자 감시자는 자신감에 찬 목소리로 치호를 도발했다. 하지만 치호는 그런 감시자의 도발에 흔들리는 모습 따위는 보이지 않았다.

"불안한가? 말이 많군."

"불안? 내가? 크하하하! 고작 테스터 따위에게? 웃기지도 않는군. 허세도 적당히 부려라, 황치호. 네놈의 스킬 따위는 내게 통하지 않는다는 걸 모르는 것이냐!"

"그래, 확실히 보통 스킬은 네놈에게 통하지 않는 것 같군. 세뮬라의 마력검의 효과가 별로 없는 걸 보면 말이야."

치호 역시 감시자와의 전투를 통해 감시자들에게 통하는 기술은 무엇이고 통하지 않는 기술은 무엇인지 알아보기 위해 나름 신경전을 벌였다. 하지만 녀석의 말대로 〈세뮬라의 마력검〉은 녀석에게 별 효과를 보이지 못했다.

녀석과 격돌했을 때 감시자가 너무 쉽게 자신의 검을 막아 낸 것이다.

하지만 녀석이 〈투사의 발걸음〉이 생성해 낸 검은 불길을 피하는 걸 보니 영웅의 동료들에게 얻은 스킬은 유효한 것 같았다.

'보통의 스킬은 먹히질 않는군. 하지만… 확실히 영웅의 동료들이 가졌던 스킬은 먹힌다.'

한참 동한 감시자를 파악하며 공격을 피하고 직접 공격을 막아내던 치호는 슬쩍 주변을 둘러보았다. 테스터가 얼마나 있는지 확인하기 위해서였다.

'주변의 테스터들은 이제 모조리 빠져나갔나 보군. 더 이상 시간을 끌 필요가 없겠어.'

치호와 감시자의 싸움으로 인해 주변의 테스터들은 이미 자리를 피한 것 같았다. 그러면 일부러 진형을 무너뜨리기 위해 무리할 필요가 없었다.

"언제까지 피하기만 할 것이냐? 애초에 우리에게 받은 힘으로 우리에게 저항하려 든다는 것이 어불성설! 어서 포기해라!"

"자신만만하군."

"크크크, 너희들이 가진 스킬… 애초에 우리 감시자에게 대항할 수 있을 리가 없지. 여신은 조금 상황이 다르긴 하지만 말이야."

"그래? 그럼 이건 어떨지 모르겠군."

"뭐, 뭐냐?"

치호는 더 이상 시간을 끌기 싫다는 듯 자신의 검은 힘을 뿜어내기 시작했다. 그러고는 힘을 검에다 밀어 넣었다.

검은 힘을 파멸의 조각에 밀어 넣기 시작하자 검이 삽시간에 검게 빛나기 시작했다. 치호의 검은 힘과 스킬이 가지는 힘, 그리고 파멸의 조각이 가진 힘 자체가 한데 어우러져 검은빛을 내며 주변을 빨아들이는 것 같은 기묘한 착각을 불러일으켰다.

"그건……."

"그래, 본 적 있지?"

감시자는 검게 빛나는 파멸의 조각을 보며 자신의 목에 나 있는 상처를 쓸어내렸다. 자신의 목이 베일 때 사용하던 힘이기에 감시자가 누구보다 먼저 알아보았다.

"지난번처럼 너무 쉽게 끝나면 재미없지. 안 그래?"

"테스터 주제에… 건방진!"

"그럼 먼저 들어오던가."

치호는 감시자의 성질을 긁으며 도발해 봤지만, 감시자는 섣불리 치호에게 달려들지 않았다. 감시자 역시 네 번째 필드에서의 기억 때문인지 치호의 검은 힘을 보고 쉽사리 달려들지 못한 것이다.

'달려들면 좋을 텐데… 쉽지 않겠군.'

감시자가 자신을 얕잡아보고 달려들었으면 반대로 녀석의 빈틈을 노릴 생각이었지만 생각 이상으로 신중한 모습이다. 하지만 치호는 조금씩 감시자와의 거리를 좁히기 시작했다.

"명색이 감시잔데… 네가 하찮게 보는 테스터한테 너무 겁먹은 거 아니야? 게다가 감시자 중에서도 꽤나 높은 위치에 있는 거 같은데 말이지."

치호는 감시자와 천천히 거리를 좁히면서도 녀석을 도발하는 행위를 멈추지 않았다. 하지만 그런 치호의 노력은 아무 소용 없다는 듯 감시자는 비열한 미소를 띠기 시작했다.

"한낱 테스터 따위에게 그분께서 주신 힘을 사용하게 될 줄은 몰랐군."

"뭐?"

"좋아, 인정하지. 그 힘은 확실히 이 몸으로는 부담스러워. 그러나 지난번에도 속수무책으로 당했으니까."

치호는 감시자와 거리를 좁히던 것을 그만두고 경계 태세를 취하기 시작했다. 녀석에게 뭔가 노림수가 있는 것 같았기 때문이다.

"그렇지 않아도 그 힘을 왜 꺼내지 않는지 궁금한 차였는데… 이제야 꺼내는군."

"기다리고 있었다?"

"그래, 확실히 해야 할 필요가 있지. 그 힘을 내가 견딜 수 있는 것인지 없는 것인지. 하지만 이것으로 확실해졌다. 넌 나를 이기지 못한다. 크하하하!"

녀석은 갑작스레 광소를 터뜨리더니 이내 자신의 손에 채

워져 있는 무구를 해제했다. 너석의 텅 빈 눈이 붉은빛으로 차오르기 시작했다. 더욱이 그 붉은빛은 눈뿐만 아니라 사방에서 몰려들어 너석의 몸으로 흡수되기 시작했다. 주변에서 몰려드는 붉은빛은 마치 불꽃에 뛰어드는 부나방 같은 모습이었다.

"크크크, 그분의 힘 앞에 무릎을 꿇어라!"

"미친……."

꾸득, 우드득!

갑작스레 모여든 붉은빛으로 충만하게 채워서인지 감시자의 텅 빈 눈에 붉은빛이 가득 차오르자 마치 피처럼 흘러내렸다. 그러고는 그 붉은빛이 온몸을 감싸 안았을 때 감시자의 온몸이 터지기 일보 직전처럼 부풀어 오르기 시작했다.

'자폭 같은 기술인가?'

치호는 감시자의 몸이 마치 터져 버릴 것처럼 부풀어 오르자 폭발을 이용한 공격밖에 떠오르지 않았다. 이에 치호는 재빨리 스킬을 발동하기 시작했다.

"투사의 발걸음!"

하지만 치호의 반응이 한발 늦었다는 듯 원치 않는 메시지가 떠올랐다.

[배틀 필드가 생성되었습니다. 모든 적을 격살할 때까지 해제

되지 않습니다.]

"제길."

스킬을 사용함과 동시에 감시자와 치호를 중심으로 배틀 필드가 생성되었고, 치호는 그 메시지를 보며 표정을 구겼다. 이미 퇴로를 차단당했다.

하지만 치호가 표정을 구긴 것도 잠시, 스킬을 발동한 상태 그대로 망설이지 않고 감시자에게 쇄도했다. 녀석이 어떤 기술을 사용하던지 먼저 녀석을 베어버릴 심산이다.

카캉! 까드득.

하지만 날카로운 금속음과 함께 치호는 이를 악물 수밖에 없었다. 녀석이 무언가 수작을 부리기 전에 공격을 날렸으나 파멸의 조각은 녀석의 몸을 꿰뚫지 못하고 튕겨 나왔다.

우득, 우드드득!

게다가 녀석의 몸은 부풀어 오른 상태에서 점차 변이를 일으키기 시작했다. 녀석의 이마에서 흉측해 보이는 뿔이 돋아나고 몸집도 배는 커졌으며 피부색도 변하기 시작했다. 아니, 피부색이 변했다기보다는 육체를 얻어가고 있는 것 같았다.

이전까지의 감시자는 마치 검은 그림자와 같이 희미한 듯한 느낌이었는데 녀석은 변이하기 시작하면서 점차 완벽한 육체를 구성하는 것 같았다.

그러길 잠시, 치호가 일격을 날리고 튕겨 나간 바로 그 시점에 녀석의 변이도 끝마친 듯했다. 감시자가 깊은 한숨을 내쉬었기 때문이다.

"후우……."

큰 숨을 뱉은 감시자는 마치 고향에 온 것처럼 주변을 둘러보기 시작했다. 그러고는 손을 쥐었다 폈다 반복하면서 자신의 몸 상태를 확인했다.

"고작 테스터 따위 때문에 내가 본체를 드러내게 되다니, 역시 필드로군."

"본신?"

감시자는 자조적으로 이야기했지만 치호는 재빨리 그 말을 받아서 물었다. 감시자는 그런 치호의 행동에 피식 웃으며 말했다.

"왜, 너만 숨겨둔 힘이 있을 줄 알았나?"

"나 참, 하는 행동이 콴과 비슷하군."

"콴? 크하하하! 겨우 그깟 놈을 떠올리다니 네놈의 수준도 알 만하군."

"그건 부딪쳐 봐야 아는 것 아니겠어? 그놈도 처음엔 그런 소릴 지껄였지만 결국 한 줌의 재가 되어버렸지. 어디 실력 좀 볼까?"

치호는 말을 함과 동시에 감시자에게 쇄도했다.

본신을 드러낸 녀석의 몸체는 3m는 가뿐하게 넘는 것처럼 보였고, 수차례 압축되어 보이는 녀석의 근육은 보는 것만으로도 압도되는 느낌이다. 하지만 치호는 녀석에게 망설임 없이 뛰어들었다.

까강!

파멸의 조각을 단숨에 감시자를 베어버릴 것 같은 기세로 휘둘렀지만 그 목적은 이루지 못했다. 감시자가 파멸의 조각을 그대로 잡아버린 것이다.

퍼억!

"커헉!"

동시에 녀석의 발길질이 치호의 복부를 강타했고, 치호는 정신이 날아가 버릴 것 같은 아찔한 충격을 받아야만 했다.

"크크, 겨우 이게 끝이냐, 황치호? 아까의 기세등등하던 그 모습은 어디 갔지?"

"커헉… 퉤."

치호는 거친 숨을 몰아쉬었다. 녀석이 공격을 너무 쉽게 받아낸 것은 둘째 치고 예상치 못한 공격을 허용했기 때문이다. 하지만 치호가 숨을 고르기도 전에 감시자는 재차 치호에게 달려들었다. 단숨에 치호의 숨통을 끊어버릴 생각인 듯 빠른 속도로 쇄도하기 시작한 것이다.

"후우! 메이, 그쪽은 어떻게 됐어?"

"이쪽의 감시자도 처리했어요. 정말 지겨운 녀석들이네요. 이놈들, 도대체 몇 명이나 있는 거죠?"

"글쎄? 그래도 여신이 없었으면 감시자 하나도 상대하기 어려웠을걸."

대진은 전투 중에 잠시 여유가 생겼는지 메이와 말을 나누기 시작했다. 두 사람의 대화를 들어보니 치호가 걱정한 감시자 문제는 어느 정도 처리가 된 것 같았다. 그때 미소도 대화에 합류해 계속해서 말을 이었다.

"정말 여신이 그냥 도망갔다면… 끔찍하네요. 보통의 공격은 통하지도 않는 놈이었으니."

"그렇지. 그런데 전투도 점점 소강상태가 되는 것 같지 않아? 어쩐지 저쪽 상태가 시큰둥한 것 같은데?"

"맞아요. 감시자들을 저희가 처리했다고는 하지만… 생각 이상으로 혼란스러워하는 것 같지 않아요?"

메이도 전황을 느꼈는지 재빨리 끼어들었고, 두 사람은 메이의 말에 고개를 끄덕였다. 전투가 생각보다 빨리 끝날 것 같았기 때문이다.

사실 치호가 후미에서 감시자와의 전투로 인해 주변을 초토화시키는 바람에 감시자들의 테스터가 뒷심이 부족한 것이었지만 대진을 비롯한 일행이 그것을 알아차릴 수는 없었다. 그저 감시자들을 처리했기에 지휘 체계가 흔들려 그런 것이라고 생각했다.

일행이 잠시 대화를 나누고 다시 전장으로 합류하려 할 때 여신이 갑작스레 대진 일행에게 다가왔다.

"대진 님이라고 하셨습니까?"

"응? 여신님, 무슨 일이라도 생겼습니까?"

대진은 여신의 표정이 심각했기에 재빨리 물었고, 여신은 호흡을 가다듬으며 말을 이었다.

"감시자들… 감시자들이 모두 사라졌습니다!"

"응? 우리가 모두 처리해서 그런 것 아닙니까? 좋은 일일 텐데 왜 그런……."

대진은 상황이 이해되지 않았고, 메이와 미소 역시 영문을 몰라 고개를 갸우뚱했다. 하지만 여신만은 그게 아니라는 듯 고개를 세차게 흔들며 말했다.

"감시자들이 이런 식으로 일시에 사라졌다는 건 있을 수 없는 일입니다. 애초에 그들은 힘의 일부이니까요. 그래서 그들을 처리했다 하더라도 육체를 가진 다른 테스터들처럼 재로 변하지 않아요. 그저 사라질 뿐이죠. 그런데 그런 이들 모두가 사라졌습니다."

"잘 이해가 안 되는데… 힘이건 뭐건 일단 사라졌으면 좋은 거 아닙니까? 전장에서 질 것 같으니까 먼저 빠진 것 아닙니까?"

"맞아요. 전황을 보시면 저희가 이기고 있잖아요. 악몽들이 정말 미칠 듯이 활약했죠. 저도 옆에서 보며 소름 돋을 정도였으니까요."

대진과 메이는 너무 과한 걱정이라는 듯 현 상황에 빗대어 합리화하려 했지만 미소는 대화를 듣고 있다가 조심스레 여신에게 물었다. 여신의 표정이 아무래도 마음에 걸렸기 때문이다.

"혹시… 무언가 짚이는 게 있으신가요? 힘의 집합체, 그들이 사라졌다면 그 힘들은 모두 어디로 갔을까요?"

미소는 여신의 말에서 의문을 느낀 것을 물었고, 여신 또한 그런 미소의 말에 기다렸다는 듯 말을 이었다.

"가장 걱정되는 게 그것입니다. 그 모든 감시자의 힘이 회수된 것 같습니다. 즉, 한곳에 모이고 있다는 뜻이에요."

"그게 무슨… 그럼 어디 있습니… 치호?"

"맙소사!"

"치호 아저씨한테 가호가 걸려 있긴 하던가요?"

여신의 말에 대진을 비롯한 일행은 각자 한 마디씩 했고, 상황이 안 좋게 돌아가고 있다는 것을 느낄 수 있었다. 여신의 말대로라면 모든 감시자의 힘이 회수되어 치호가 대적하는 감시자 하나에게 모두 몰려 있다는 의미와 같았다.

"미치겠군. 아무리 치호라 하더라도… 하!"

"가호! 여신님, 치호 아저씨에게 가호를 주셨냐구요?"

메이의 다급한 물음에 여신은 그저 고개를 흔들 뿐이었다. 미소는 재빨리 〈영혼의 메아리〉를 통해 치호와 통신을 시도했지만 통신마저 연결되지 않았다.

"통신이 연결되지 않아요. 아무래도 우리의 예상이 맞는 것 같아요. 그게 아니라도 통신을 할 여력조차 없는 위급한 상황이라든지… 둘 중 어떤 것이라도 좋지 않아요."

"제길, 이러고 있을 때가 아니야. 어서 치호가 있는 곳으로 가자. 여신님, 가서 치호에게 그 가호인지 뭔지를 좀 부탁해도 되겠습니까?"

"오히려 제가 부탁드릴 것입니다. 저를 부디 치호 님이 계신 곳으로 부탁드립니다."

대진은 여신의 말에 고개를 끄덕이고는 앞장서기 시작했다. 치호가 움직인 곳은 이미 봐두었기에 일직선으로 달리면 될 것이고, 가다 보면 치호가 남긴 검은 불길의 흔적이 있을 것이기에 추적하기 어려울 것이라고는 생각하지 않았다.

그저 여신의 가호도 없이 감시자와 맞상대하고 있는 치호가 걱정될 뿐이었다.

'치호, 조금만 버텨. 여신의 가호만… 가호만 있으면 아무리 감시자들이라도 별것 아니야. 그러니까 조금만 버텨.'

대진은 악몽들을 불러들여 상대 테스터들의 진영을 일점 돌파하기 시작했고, 메이와 미소는 여신의 곁에서 혹시 모를 습격에 대비해 호위하기 시작했다.

일행이 치호에게 움직이는 속도는 빨랐지만 한 사람도 지금 이 속도에 만족하는 이는 없었다. 조금이라도 더 빨리 치호 곁으로 갔으면 했다.

제4장
진실 Ⅰ

콰콰쾅!

　무엇인가 빠른 속도로 날아온 그 물체는 그대로 벽에 처박혀 버렸고, 동시에 뿌연 흙먼지를 뿜어 올렸다. 그리고 그 흙먼지 사이로 치호의 거친 기침 소리가 들렸다.

　"커헉! 무슨……!"

　치호는 감시자의 일격을 그대로 허용했고, 그 때문에 마치 끈 떨어진 연처럼 수십 미터나 밀려 나가 벽에 처박혔다. 게다가 충격이 상상 이상이었는지 아직도 정신을 제대로 차리지 못하는 것 같았다.

하지만 그런 치호를 기다려 줄 이유가 없는 감시자는 다시 한번 치호에게 도약했고, 치호는 피가 가득한 기침을 토해내야만 했다.

"쿨럭!"

치호가 다시 한번 날려가 땅바닥에 처박히자 감시자는 그런 치호를 보며 의기양양한 미소를 지었다.

"크크크. 어떤가, 이 힘? 그분께서 주신 이 힘을 감상한 느낌은?"

감시자는 거친 바닥에 쓰러져 있는 치호에게 천천히 걸어가며 여유롭게 물었고, 치호는 기침을 하면서도 정신을 유지하려 애썼다. 녀석의 공격 한 번, 한 번이 정신을 날려 버릴 만큼 충격적이었기에 잠시라도 방심했다가는 그대로 싸움이 끝나 버릴 것 같았기 때문이다.

'제길, 저런 체구에서 저런 힘이라니… 필드의 지배자는 몸짓이라도 컸으니 이해를 하겠다만 이건 완전히 말도 안 되잖아.'

치호는 지금 눈앞에 있는 감시자의 힘에 절로 식은땀이 났다. 필드에서 만난 그 어떤 존재와도 비교할 수 없었다.

더욱이 치호의 경우 내부의 자아를 통일시켜 다른 방해도 없는 최상의 상태나 마찬가지였다. 그럼에도 불구하고 녀석의 힘을 감당하지 못하는 자신의 상태가 도무지 이해가 가지 않았다.

'뭔가… 뭔가 이상해. 이렇게 격차가 날 리가 없는…….'

"커헉!"

치호의 생각은 길게 가지 못했다. 감시자가 대답 없는 치호에게 다가와 다시 한번 거칠게 발길질을 했기 때문이다. 가벼운 발길질처럼 보였으나 주변에 거대한 구덩이가 만들어졌고 그 충격파만으로도 바람이 일 정도였으니 치호가 받은 대미지는 말로 표현할 필요가 없었다.

"테스터 주제에 내가 하는 말에 대답도 하지 않는 것이냐?"

감시자는 아직도 희망이 꺼지지 않은 치호의 눈빛을 보며 흥미롭다는 듯 웃기 시작했다.

"크크크, 역시 네놈은 재미있어. 처음부터 이상한 놈이라고 생각은 했다만 이 상황에서도 그런 눈빛이라니."

"쿨럭! 처음?"

"그래, 처음부터."

치호는 여신이 한 말이 떠올랐다. 이 녀석들이 자신의 육체를 노리고 있기에 처음부터 준비하고 움직였다는 사실이 문득 기억난 것이다. 하지만 여신의 말을 온전히 믿을 수도 없었기에 치호는 감시자와 거리를 유지하며 시간을 끌기 위해 물었다.

"퉤, 내가 여신에게 듣기로는 내 육체를 노리고 있다던데… 정말인가?"

"호오, 그것까지 알고 있었나? 그러면 구구절절 설명할 필요도 없지. 감사한 마음으로 그 육체를 바쳐라. 아무리 생각해도 네 육체는 그분에게 꼭 맞는 것 같으니까."

"여신의 말이 틀린 것 하나 없군. 뭐… 그게 아니라도 어차피 네놈들은 내 손에 죽을 거니까 상관없지만."

알고 있던 사실이지만 확답을 들으니 썩 기분은 좋지 않았다. 감시자들의 존재가 자신의 몸을 노린다는 게 불편한 것이다. 하지만 그런 치호의 말에 감시자가 마치 비웃듯 말했다.

"여신이라……. 그년의 말을 잘도 믿는군. 크크크."

"무슨 의미지?"

"아니, 그냥 재미있군. 이 상황이 말이야."

감시자의 말에 치호는 미간을 좁혔다. 뭔가 자신이 모르는 일이 있는 것 같았기 때문이었다.

"한 번도 생각해 본 적 없나? 우리가 왜 애써 관리하고 있던 필드를 다시 정화하려고 하는지를. 그리고 감시자라 칭했으면서 왜 필드에 개입하고 있는지를 말이야."

"애초에 그럴 생각이었나 보지. 테스터들의 힘이 너무 강해져 부담스러워졌을 테니까. 아닌가?"

"크하하하! 이래서 인간들이란… 재미있어. 확실히."

치호의 대답에 감시자는 재미있다는 듯이 웃었다. 하지만 치호는 애초에 이런 선문답 따위에는 관심이 없었다. 시간을 끌면서 체력을 회복하는 데 집중했다.

'드레모의 강철 군화… 좋아. 마력이 차고 있어. 체력은 곧 있으면 다시 회복될 것 같고 조금만 더…….'

〈드레모의 강철 군화〉의 효과를 이용해 소비된 마력을 다시 채우고 자신의 검은 힘으로 체력을 빠르게 회복시키는 데 집중하고 있는 치호는 지금 이 대화를 좀 더 길게 이어가야 할 필요가 있었다. 감시자 역시 완전히 자신이 유리한 상황이라고 생각하는지 치호의 상태에는 관심도 두지 않고 계속해서 말을 잇기 시작했다.

"인간들은 언제나 자신들이 세상의 중심인 것처럼 생각하지. 그리고 서로 속고 속이면서도 마치 대단한 희생인 양 행동한단 말이야? 그 행동이 거짓에서 비롯됐음을 알아차리지도 못하는 주제에 말이야."

녀석의 말에 치호의 눈썹이 치켜떠졌다. 뭔가 뉘앙스가 이상했기 때문이다. 그런 치호의 표정을 본 감시자가 실실 웃으면서 약 올리듯 말했다.

"인간들이 강해지는 게 두려워? 말이 되나? 애초에 우리가 준 힘인데. 그런 힘이 아무리 커진들 의미가 없지. 뭐… 간혹 그분의 피로 인해 얻은 힘이나 원주민들의 힘을 계승한 이들의 경우는 조금 다르지만 말이야."

"그런데 어찌 됐건 그들이 부담스러워 정화를 시작한 것이나 다름없지? 나랑 말장난하자는 거야?"

"크크크, 성격 급하긴. 그게 아니지. 우리도 원래 이런 식으로 필드를 정화를 하는 건 계획에 전혀 없던 일이지. 게다가 네 몸? 그걸 얻기 위해 이런 수고를 한다고? 왜? 어차피 네놈의 몸은 필드에서 손상될 일도 없고 제 발로 찾아올 텐데 말이야."

감시자의 말을 들은 치호는 그의 말이 그럴듯하게 느껴지기 시작했다. 녀석의 말대로 자신의 몸은 불사의 존재이다. 이곳에서 그 어떤 테스터에게, 그 어떤 괴물에게 상처를 입고 죽는다 해도 결국 시간이 지나면 회복된다. 그렇다면 저들이 이런 식으로 서둘러 자신의 몸을 탐낼 필요가 없었다.

저들은 그저 기다리기만 하면 된다. 자신이 필드의 끝에 도달할 때까지. 하지만 그들은 기다리지 않고 필드를 정화해 내려오며 직접 행동하는 것을 택했다.

'맞아. 쥬드도 이런 식으로 필드가 정화되는 상황에 관해서 말한 적이 없는데… 어째서?'

치호는 문득 쥬드가 떠올랐다. 수십, 수백 번의 회귀를 반복하며 때로는 자신의 적으로, 그리고 때로는 자신의 동료로 활동한 적이 있다고 한 쥬드, 그가 떠오른 것이다.

'확실히… 녀석은 나에 대한 절망으로 가득 차 있을 뿐 이런 상황에 관해서는 단 한 번도 언급한 적이 없어. 알았더라면 분명 이야기했을 법도 한데 어째서……?'

쥬드에 관해 떠올리자 감시자의 말이 허튼소리 같지는 않았다. 하지만 아무리 생각해도 딱히 이유가 떠오르지 않아 치호는 결국 감시자에게 되물었다.

"그럼… 왜지?"

치호가 흥미를 보이자 감시자가 신이 난 표정으로 치호에게 한 발짝 다가와 말을 잇기 시작했다.

"이유? 크크크, 그건 네가 퀘스트를 완료했기 때문이지."

"퀘스트? 뭐… 영웅의 퀘스트들을 말하는 건가?"

자신이 해결한 퀘스트 중에 녀석들에게 위협이 될 만한 퀘스트는 영웅과 관련된 에픽 퀘스트뿐이었다. 하지만 감시자는 그게 아니라는 듯 손가락을 까딱거리며 말했다.

"그게 아니지. 그런 퀘스트보다도 여신이 네게 준 퀘스트, 그게 우리의 시선을 잡아버린 거지. 그건 좀 문제가 되는 거였으니까."

"여신이 준 퀘스트라면… 쥬드?"

"그래, 쥬드. 그놈의 존재는 우리에게 충격이었지. 네가 그 녀석을 처리한 것은 더 큰 충격이었고."

치호는 난데없는 감시자의 말에 혼란스러웠다. 감시자의 대화에서 쥬드의 이야기가 나올 줄 생각지 못했기 때문이다.

"쥬드… 우린 녀석의 감추어진 힘을 보고 놀랄 수밖에 없었지. 그 힘, 회귀하는 녀석의 힘. 녀석의 말을 들었을 때 뭔가 잘못되었다는 생각이 들더군."

"무슨 의미지?"

"우리가 녀석에 관해 눈치채지 못하고 있다는 게 문제였어. 오로지 여신만이 어렴풋이 눈치채고 네게 퀘스트를 줘버린 거지. 그리고 그걸 네가 해결한 것이고 말이야."

치호의 앞에 선 감시자는 모두 이야기해 줬다는 듯 말했으나 치호로서는 그저 어리둥절할 뿐이다. 녀석이 말하는 정확한 의미를 파악할 수 없었기 때문이다.

"크크크, 아직 이해가 가지 않는 모양이군. 이 필드는 그분께서 만든 곳이지. 그런데 그런 공간에서 우리가 모르는 일이 일어난다? 게다가 한두 번이 아니라 수십, 수백 번에 걸쳐서 회귀라는 일이 벌어지고 있는데 그것을 관리하는 우리가 전혀 눈치채지 못했다는 것은 문제가 있지. 안 그런가?"

"너무 과민한 것 같은데? 나만 해도 너희들의 눈을 피해 〈등불 호신부〉를 만들어 사용하는데 말이지."

"크크크, 이해를 못 하고 있군. 그렇게 가벼운 문제가 아니다. 쥬드에 관한 존재는 나의 그분께서도 언급한 적이 없어.

그렇다는 것은 녀석이 그분의 격과 동일한 격을 가졌다는 것인데, 이건 문제가 크지. 게다가 그 녀석을 네놈이 처단해? 그걸 지켜본 우리는 어떻게 생각했겠나?"

감시자의 말을 들은 치호는 그제야 조금 실마리가 풀리는 것 같았다. 녀석들은 쥬드와 자신의 존재에 관해 위협을 느낀 것이다. 특히 쥬드 같은 힘을 가진 자가 필드에 또 있을지도 모르기에 필드를 정화하기로 결정한 것이다.

"그런 과정에서 알란이라는 흥미 있는 녀석을 발견하긴 했다만… 녀석도 네놈에게 죽더군. 그럴 녀석이 아니었는데 말이야."

"알란도 알고 있나 보군."

"그렇지. 녀석이 가진 힘도 위험했으니까. 하지만 녀석은 우리 편에 회유되었기에 큰 문제는 아니었지만 말이야."

감시자는 알란에 관해서도 알고 있는 모양이다. 하지만 알란을 자신의 편으로 회유했다고 생각하는 걸 보면 알란의 계획이 진정 실현될 수도 있겠다는 생각이 들었다. 하지만 치호는 얼른 생각을 정리하며 감시자에게 말했다.

"그래서 결국 나 때문에 이 사달을 벌였다는 거냐? 내가 강해지는 게 두려워서?"

"네가 두려워서? 크크크, 큰 착각을 하고 있군. 네가 문제인 게 아니라 여신인 문제인 거다, 황치호."

"여신이?"

감시자의 뜻 모를 말에 치호는 의문이 들었다. 쥬드와 알란을 처리한 자신을 경계하는 듯했으나 막상 나온 말은 치호의 예상과 달랐다.

"그래, 여신이 문제지. 여신은 우리가 알아차리지 못한 것을 먼저 알아차리고 네놈에게 퀘스트를 주었으니까. 그리고 그걸 이용해 네가 우리를 적대하게 하였지. 그렇지 않은가?"

"……"

"애초에 네게는 죽음만 주면 되는 것 아니던가? 그런 것이라면 그분께 육체를 바치는 순간 이루어질 일. 이렇게 우리가 적대할 필요가 없는 것 아니냔 말이다, 황치호."

치호는 녀석이 하는 말의 요지를 충분히 이해할 수 있었다. 자신의 궁극적 목표는 죽음이기에 만약 필드 초반에 녀석이 직접 나서서 죽음에 관해 이야기했다면 이런 힘든 과정 필요 없이 녀석의 말을 따랐을지도 모른다.

하지만 치호는 그렇게 하지 않고 퀘스트를 진행하며 투쟁하는 것을 택했다. 그런 과정에서 자신을 감시하고 있는 감시자에 대해 적대감을 가진 것은 두말할 것도 없었다.

"그래, 이제야 슬슬 감이 잡히나 보군. 그년의 간교한 계략과 교활한 책략 탓에 모든 일이 틀어진 것이다. 이제야 알겠나, 황치호? 이래도 여신이 믿을 만한 존재인가?"

치호는 감시자의 말에 아무런 답도 하지 못했다. 자신이 필드에 와서 한 행동을 처음부터 복기하기 시작한 것이다. 하지만 바로 그때 이곳에서 들려서는 안 되는 목소리가 들리기 시작했다.

"아닙니다, 치호 님! 녀석의 계략에 속지 마세요! 사실과 다릅니다!"

여신의 목소리가 〈배틀 필드〉에 울려 퍼지기 시작한 것이다.

오로지 전투만을 위한 공간인 〈배틀 필드〉에 생각지 못한 목소리가 울려 퍼지자 치호는 물론 감시자까지 그 진원을 찾기 위해 고개를 돌렸다.

하지만 그 진원을 찾지 못했고, 치호의 〈광인의 영역 선포〉의 기척 감지를 통해 무언가 걸리는 기척을 발견했다.

'배틀 필드의 벽 바로 바깥쪽인가? 여신의 능력인가보군. 악몽들과 일행까지 같이 왔나 본데?'

치호는 여신이 어떤 방법을 사용했는지 모르지만 시스템 자체에 관여할 수 있는 힘을 가진 그녀라면 충분히 가능한 일로 생각되었다. 게다가 악몽을 비롯한 일행까지 함께 이곳으로 온 걸 보면 바깥의 전투는 어느 정도 정리가 된 것 같았다.

'이 녀석만 어떻게 처리하면 되는데… 힘이 통하질 않으니

골치 아프군.'

어째서인지 녀석에게 힘이 통하지 않아 제대로 된 반격조차 하지 못하는 치호로서는 답답하기 그지없었다. 그런 치호의 조급한 마음 따위는 관심조차 없는 감시자는 저 멀리 여신의 기척이 느껴지는 곳을 바라보며 외쳤다.

"크하하하! 여신? 여신이 이곳에 있다니… 이번엔 도망가지 않았구나, 여신이여!"

감시자는 눈앞에 있는 치호는 이미 자신의 상대가 아니라는 듯 신경조차 쓰지 않았다. 치호로서는 자존심이 상하는 일이었지만 지금은 회복에 전념해야 하기 때문에 그저 입술을 깨물었다. 하지만 그런 치호의 상황이나 감시자의 말은 개의치 않는 여신의 목소리가 다시 한번 〈배틀 필드〉에 울려 퍼졌다.

─치호 님, 감시자의 말에 속으시면 안 됩니다! 사실과 다릅니다! 저들은 치호 님의 육체를 얻고나면 결국 필드를 정화하기 위해 인간들을 말살할 것입니다! 지금 저들이 하는 말은 그저 말장난에 불과합니다!

여신의 다급한 목소리에서는 진심이 느껴졌다. 하지만 감시자는 그런 여신이 가증스럽다는 듯 비웃었다.

"크하하하! 간악한 년! 끝까지 자기 잘못은 하나도 없지. 끝까지 고귀한 년이 네년이지. 크크크!"

―닥치세요! 인간들을 우롱하는 데 가장 앞장서는 당신에게 들을 말은 아닙니다!

"가증스럽구나, 여신이여! 수많은 인간이 필드에서 너 대신 죽어나갈 때는 보이지도 않다가 드디어 나타나서 하는 말이 뭐? 말살? 우롱?"

감시자는 모습을 드러낸 여신의 말이 역겹다는 듯 계속해서 말을 이어나갔다.

"네가 그분의 육체를 제공하는 대가로 얻은 권능이 퀘스트를 제공하는 것뿐이던가? 네년이 직접 테스터들을 선별해서 이곳으로 불러들이는 것도 네 권한일 텐데? 그렇지 않나, 여신이여?"

―그, 그것은……!

"크크크, 오랜 시간 동안 쓸 만한 재목을 찾고 그 인간들에게 우리를 적대하게 만든 것이 네년 아니던가! 그리고 그분의 자리를 노리는 네년이 감히 나에게 우롱? 크하하하! 오랜 시간 인간들 사이에서 생활하더니 머릿속이 인간을 닮아 제멋대로구나!"

―아닙니다! 저는 그의 권능을 이용해 인간들을 인간답게 살게 만들어줘야 할 의무가 있습니다! 당신과는 다릅니다!

"그렇지. 그렇게 나와야 내가 널 죽이는 보람이 있지."

감시자는 여신의 말에 그저 실소를 지으며 살기를 뿜어내기 시작했다.

"그래서 널 싫어하는 것이다, 여신이여. 서로 똑같이 그분의 권능을 나누어 받아 사용하는 주제에 인간이 어떻고 뭐가 어떻고… 끝까지 위선을 떠는군. 차라리 솔직해지는 게 어떤가? 모든 필드를 지배하고 인간을 지배하고 싶다고. 그러기 위해서 인간들의 힘이 필요하다고 말이야."

―아닙니다! 아니에요!

감시자와 여신의 말은 계속해서 제자리를 맴돌았다. 둘의 대화를 듣고 있던 치호가 몸에 묻은 먼지를 툭툭 털고 천천히 일어나며 말했다.

"나 참, 짜증 나는군."

자리를 털고 일어난 치호는 전투의 흔적이 느껴지지 않을 만큼 완벽하게 치유된 모습이었다. 게다가 마력도 완전히 차올랐는지 자신감이 넘치는 표정이었지만 한편으로는 불쾌하다는 표정이 역력했다.

"듣고 있자니 지들 멋대로군. 이놈이나 저놈이나."

치호의 말에 감시자가 피식 웃었다. 금방 죽을 놈이 부리는 허세 정도라고 생각하는 것 같았다. 하지만 치호는 계속해서 말을 이었다.

"여신, 네가 날 이곳으로 데려온 것이라고 봐도 되나? 내 죽음을 방해하고 말이야."

—그, 그건⋯ 당신의 힘이 필요했어요. 당신이 아니면⋯ 아니, 오직 당신만이 이 슬픔의 연쇄를 끊을 수 있다고 생각했어요.

"참 기분 더럽군. 찢어 죽여야 할 놈이 하나둘이 아니네? 그러면서 날 도와주는 척해?"

치호는 감시자의 말처럼 여신의 행동이 마음에 들지 않았다. 일이야 어찌 되었건 자신의 죽음을 방해하고 이곳으로 불러들여 예상하지도 못한 투쟁을 하게 된 이유가 여신이었기 때문이다.

하지만 치호는 여신뿐만 아니라 감시자에게도 쏘아붙이기 시작했다.

"그리고 감시자여, 죽음은 내가 선택했을 때가 진정한 죽음이다. 네놈들이 날 마음대로 할 수 있다는 생각 자체가 짜증 나는군. 하, 마음에 드는 놈이 하나도 없어."

말을 마친 치호의 손에는 어느새 파멸의 조각이 들려 있었고, 그는 금방이라도 튀어나갈 자세를 취하는 것 같았다. 머리가 복잡했지만 일단 녀석을 처리해야 한다는 사실은 변함없었기에 감시자와 끝장을 보려는 것이다.

치호가 뿜어내는 진득한 살기를 온몸으로 느끼면서도 감시자는 웃으며 대꾸했다.

"크크크, 과연 여신이 선택한 인간이로군. 건방진 것까지 이렇게 닮다니 말이지. 어차피 여신을 처리하려면 네놈을 처리해야 하니 먼저 처리해 주도록 하지."

"투사의 발걸음! 세뮬라의 마력검!"

"아직도 모르겠나, 그딴 건 나에게 통하지 않는다는 것을?"

치호는 〈투사의 발걸음〉과 〈세뮬라의 마력검〉, 그리고 자신이 가진 검은 힘까지 총동원하여 파멸의 조각에 힘을 불어넣고 그와 동시에 감시자에게 튀어나갔다.

카카칵!

"이게 끝이냐, 치호여!"

치호는 감시자에게 일격을 날렸지만 통하지 않았다. 녀석의 거죽 하나 베지 못하고 불꽃만 튈 뿐이었다.

'제길, 어째서 제대로 힘이 먹히질 않는 거지?'

분명 자신의 힘은 녀석의 뼈와 살을 갈라 버릴 만큼 충분했다. 녀석이 실체화했을 때부터 〈운명의 동아줄〉을 통해 녀석의 취약점이 눈에 보였기 때문이다.

하지만 그런 취약점을 노리고 그대로 찔러들어 가도 결과는 시원치 않았다. 그저 애꿎은 불똥만 튈 뿐이었다.

"의미 없는 저항은 그만두고 그분께 육체를 바쳐라!"

감시자는 치호의 저항을 비웃으며 쇄도하기 시작했고, 치호는 다시 방어적 자세를 취할 수밖에 없었다. 아무리 공격해도 통하지 않고 이 상황을 타개할 방법이 떠오르지 않았기 때문이다.

하지만 바로 그때 치호의 귓가에 〈영혼의 메아리〉를 통해 일행의 목소리가 들려왔다.

제5장
진실 II

─치호, 녀석을 처리하려면 여신의 가호를 받아야 해!

　─아저씨, 맞아요! 저희도 감시자들에게 공격이 통하지 않아 고생했는데 여신의 가호가 있으면 녀석들에게 한 방 먹일 수 있어요!

　대진과 메이의 말은 치호의 관심을 끌기에 충분했다. 지금같이 돌파구가 보이지 않는 절망적인 상황을 타개할 유일한 방법이었다. 하지만 일행의 말은 치호의 집중력을 잠시 흩트려 놓았고, 감시자는 정확하게 그 틈을 파고들었다.

　"날 앞에 두고 방심하다니, 건방지기 짝이 없구나, 황치호!"

"커헉!"

감시자의 주먹이 정확하기 치호의 복부를 강타했다. 치호는 감시자의 힘에 밀려 수십 미터를 굴러야 했다.

그와 동시에 치호의 입에서 터져 나오는 검붉은 선혈.

"우웩!"

감시자의 단 일격이었지만 치호는 마치 오장육부가 끊어지고 뒤틀리는 고통을 느껴야만 했다. 정신을 놓을 정도로 같은 아득한 고통 속에서 다급한 미소의 목소리가 〈영혼의 메아리〉를 통해 들려왔다.

―아저씨, 아저씨가 여신의 힘을 거부하고 있어서 여신의 가호가 아저씨에게 들어가질 않는대요! 여신에게 가호를 달라고 직접 요청해야 한대요!

미소의 마지막 말에 치호는 입술을 깨물었다. 자신을 이런 필드라는 곳으로 불러들인 여신의 도움을 받아야 한다는 상황 자체가 짜증 났다.

마음 같아서는 그런 여신의 가호 따위 필요 없다고 하고 싶었지만, 자신에게 쇄도하는 감시자의 모습을 보니 더 이상 고민할 시간이 없었다.

치호는 피가 목까지 차올라 있어 목소리를 내기도 힘들었지만 피를 토하며 외쳤다.

"여신! 가호든 뭐든 좋으니까 어서 내놔!"

치호가 말을 끝냈을 때 감시자는 치호의 코앞까지 쇄도해 치호의 머리통을 날려 버릴 기세로 공격을 날렸는데 그 공격은 성공하지 못했다.

〈배틀 필드〉의 투명한 막을 관통해 치호의 머리 위에 떨어진 빛의 기둥이 감시자의 공격을 막아낸 것이다.

"이, 이건… 여신이 또 수작을 부리는군. 하지만 이걸 쓰면 네년도 무사하지 못할 텐데 용케도 이걸 사용하는군."

감시자는 하늘에서 떨어진 빛의 기둥의 정체를 알고 있다는 듯한 태도였으나 크게 개의치 않았다. 아무리 수작을 부린다 하더라도 치호 정도는 처리할 수 있다고 판단한 것이다.

빛의 기둥에 휩싸인 치호는 그게 한숨을 내쉬었다. 여신의 가호란 것이 정확하게 뭔지는 모르겠지만 일단 녀석의 공격을 막아냈으니 한숨 돌린 것이다.

'그런데… 회복이 되는 건가?'

치호를 감싸고 있는 빛의 기둥은 치호의 몸을 단숨에 회복시켰고, 감시자에게 당한 복부의 고통도 씻은 듯이 사라져 버렸다. 치호의 검은 힘은 상처를 회복시키는 힘이 있다고 한다면 이 빛의 기둥은 마치 상처를 입기 전의 상태로 시간을 되돌리는 것처럼 느껴졌다. 같은 치유라도 완벽하게 다른 힘인 것이다.

'이 정도의 힘이라니, 이런 힘을 가지고 있으면서도… 흠, 여신도 얕잡아볼 게 아니야.'

치호는 빛의 기둥 안에서 여신이 있는 방향을 바라보며 미간을 좁혔다. 감시자의 말처럼 이런 거대한 힘을 감추고 있던 여신에게 믿음이 가지 않았다.

한데 그때 메시지 창에 새로운 메시지가 떠오르기 시작했다.

[요청한 여신의 가호가 완료되었습니다.]
[테스터가 가진 제한이 완전하게 풀렸습니다.]
[여신의 가호로 인한 방어가 해제됩니다.]

치호는 떠오른 메시지의 의미를 정확하게 파악할 수는 없었지만 마지막 메시지만큼은 알 수 있었다.

다시 전투가 시작된다는 메시지와 같았기 때문이다.

"투사의 발걸음! 세뮬라의 마력검!"

마지막 메시지가 떠오름과 동시에 치호는 튀어나갔고, 다시 한번 녀석에게 쇄도해 공격을 감행했다.

하지만 감시자는 그런 치호를 보며 가소롭다는 듯 제대로 방어할 자세도 잡지 않았다.

"크하하하! 네놈의 공격은……."

핏!

촤악!

치호의 공격은 이전과 달리 정확하게 감시자에게 먹힌 것 같았다. 녀석의 팔에 길게 붉은 선이 그어졌고 그 붉은 선을 따라 검붉은 피가 뿜어져 나오기 시작했기 때문이다.

그 모습을 보며 치호는 의기양양한 표정으로 미소를 띠며 말했다.

"호오, 통하는 것 같은데? 여신의 가호가 쓸 만하군. 그럼 2차전을 시작해 볼까?"

감시자는 치호의 자신감 넘치는 말에 별다른 반박조차 하지 못하고 깊게 파인 자신의 팔을 부여잡았다. 자신의 몸에 상처가 난 것이 충격적이었는지 팔을 부여잡으며 멍한 표정으로 치호를 바라보고 있었다.

"왜, 싸움 처음 해봐? 상처도 조금 날 수 있고 그런 거지 뭘 새삼스러운 표정으로 쳐다봐?"

치호는 빙글빙글 웃으며 감시자에게 다시 한번 말했고, 치호의 말에 정신이 드는지 녀석의 안색이 급격하게 변하기 시작했다. 돋아난 뿔 주변에 힘줄이 툭툭 불거져 나왔고 안색 또한 점점 붉어지는 것이 보통 분노한 것이 아닌 것 같았다.

"네놈!"

"잔소리 말고 시원하게 붙자고. 여신이나 네놈들의 말장난은 이제 지쳤으니 말이야."

"크흑, 진실을 알았음에도 불구하고 끝까지 여신의 편에 서겠다는 것이냐?"

"진실?"

감시자의 말에 치호는 피식 웃으며 파멸의 조각을 다시 한 번 고쳐 쥐었다. 언제라도 녀석에게 쇄도할 수 있는 자세를 잡은 것이다.

"지랄 같은 진실. 진실이 뭐건 진짜 중요한 건 그게 아니잖아?"

"무, 무슨 소리냐? 너를 속이고 기만한 여신의 편을 들겠다는 것이냐? 난, 아니, 우린 네가 원하는 죽음을 줄 수 있다. 그건 네가 원하는 거잖아! 그런데도 여신의 편을 들겠다는 거냐?"

"죽음? 네가 나에게 죽음을 줄 수 있다고? 하하하하!"

한 발짝 앞으로 다가오는 치호의 걸음만큼 한 걸음씩 물러나며 감시자는 치호에게 소리쳤지만, 치호는 그저 큰 웃음을 터뜨렸다. 녀석이 하는 말이 하도 어이가 없어서 그저 웃음만 나왔다.

"그런 걸 제시하려면 좀 더 일찍 오지 그랬어. 내가 타인에게 죽음을 구걸하지 않기로 결심하기 전에 말이야. 그리고 네놈들이 죽음을 내게 줄 수 있다면… 그 힘을 뺏으면 그만이지. 안 그래, 감시자 양반?"

"이런… 건방진!"

"그리고 지금 중요한 건 그런 게 아니라고. 네놈이 내게 칼을 겨누고 치욕을 줬다는 게 가장 중요한 사실이야. 그깟 진실? 내가 여기로 오게 된 이유? 지금 그런 게 뭐가 중요해? 내 앞에 네가 있다는 사실이 중요하지."

감시자는 치호가 하는 말이 이해가 되지 않았다. 만약 자신이 치호의 입장이라면 여신을 찢어 죽여도 모자랐을 것 같은데 치호는 분노에 사로잡히지도 않았고 죽음을 구걸하지도 않았다.

이런 치호의 태도가 감시자를 혼란스럽게 만들고 있었다. 게다가 금세 회복되었어야 할 자신의 상처가 도통 회복되지 않고 있는 것도 문제였다. 치호의 일격에 당한 상처에서 아직까지도 피가 흐르고 있었기에 감시자는 정신을 차릴 수가 없었다.

그런 감시자의 상황을 다 알고 있다는 듯 치호는 점점 감시자와의 거리를 좁히며 계속해서 말을 이어갔다.

"어째 조금 전과 상황이 바뀐 것 같은데? 나중에 여신에게 가호인지 뭔지에 관해 물어봐야겠군."

치호가 만약 내부의 인격들을 하나로 정리해 두지 않았다면 이런 상황에서 다른 인격들이 튀어나와 분노를 주체하지 못했을 것이다. 하지만 치호는 미리 인격을 통합해 두었기에 그런 상황은 피할 수 있었다.

더군다나 치호의 경우 헤아릴 수 없는 긴 삶의 경험에서 복잡한 일도 눈앞에 닥친 일부터 차근차근 풀어나가면 된다는 걸 깨닫고 있었기에 감시자부터 처리하려는 것이다.

'일단 녀석부터 처리하고 여신하고 면담을 좀 해야겠어.'

치호는 〈여신의 가호〉란 이상한 빛이 자신을 감싼 후부터 감시자에게 공격이 통하는 이유를 알지 못했다. 신체적으로 느껴지는 변화는 전혀 없는데 녀석에게 공격이 성공한 것이다.

아직 자신이 모르는 무언가가 있다면 여신과 대화를 통해 확실히 해야 할 필요가 있었다.

게다가 자신은 안중에도 없다는 듯한 태도를 보이는 녀석이 덩치에 맞지 않게 저리도 당황하는 걸 보면 무언가 이유가 있을 것 같았다.

하지만 지금은 감시자를 처리하는 게 우선이기에 일단 의문은 접어두기로 했다. 그런 치호와 달리 감시자는 자신의 상처가 회복되지 않자 침까지 흘려가며 노호를 터뜨렸다.

"크흐, 제길, 대체 내게 무슨 짓을 한 거냐? 그분께서 주신 힘으로 어째서 상처가 치유되지 않는 것이냐?"

"아, 그게 네놈한테도 적용되나 보지? 하긴… 영웅의 무구

라서 그런지 이런 상황을 대비해 둔 건가? 확실히 쓸 만하
군."

치호는 영웅의 무구 중 〈고통의 조각〉이 가지고 있는 〈망
령의 고통〉 효과를 떠올렸다. 치유에 관한 모든 효과를 차단
한다고 하더니 그 효과가 감시자에게도 통용되는 것 같았다.

하지만 이전의 전투에서 효과가 없던 것을 감안하면 분명
〈여신의 가호〉가 어떤 식으로든 작용했을 것이 틀림없었다.

"이제 슬슬 싸움을 끝내지. 밖에 면담을 해야 할 사람들
이 좀 많아서 말이야."

치호는 자신의 공격이 통한다면 더 이상 감시자가 까다로
울 것이 없었다. 녀석의 공격이 강력하긴 하지만 못 이겨낼
것은 아니기 때문이다. 더욱이 혼란스러워하는 녀석이라면
상대하기 더욱 수월할 것이다.

"투사의 발걸음! 세뮬라의 마력검!"

스킬과 치호의 검은 힘이 합쳐진 치호의 움직임은 빨랐다.
순식간에 감시자의 앞에 도달해 녀석에게 일격을 날린 것이
다. 마치 검은 빛살처럼 다가가 날린 일격에 감시자는 제대
로 반응하지 못했다.

아니, 방금 전까지의 녀석의 움직임이라면 피해낼 수도 있
었을 텐데 녀석은 어디에 신경을 쓰는지 치호의 움직임을 제
대로 파악하지 못했다.

그런 감시자의 흔들리는 모습을 그냥 놓칠 치호가 아니었기에 녀석에게 과감히 일격을 날렸는데 그 일격은 감시자를 정수리부터 시작해 반으로 쪼개 버릴 듯한 기세였다.

쓰컥!

섬뜩한 절삭음이 들렸지만 치호의 표정은 시원찮았다. 손끝에 느껴지는 감각이 원하는 느낌이 아니었기 때문이다.

촤악!

하지만 치호의 찡그린 얼굴과는 다르게 감시자의 앙다문 입에서 거친 비명이 터져 나왔다.

"크악!"

감시자는 치호의 공격을 제대로 피해낼 시간이 없었기에 한쪽 팔을 대신 희생하는 것으로 죽음을 면한 것이다. 그 대가로 한쪽 팔을 통째로 헌납해야 했다.

녀석의 팔이 통째로 땅에 떨어지며 피가 분수처럼 뿜어져 나왔다.

"제기랄!"

녀석은 비명과 함께 거친 욕설을 했지만 치호에게 반격하지 않고 그대로 뒤로 물러나 달려가기 시작했다. 치호는 다소 어처구니가 없었지만 녀석을 쫓아갔다. 녀석과 전투를 끝내야 했다.

콰앙, 콰앙!

"해제되란 말이야! 어째서… 어째서 해제되지 않는 것이냐!"

감시자는 끝까지 치호를 피해 달아나다가 〈배틀 필드〉의 끝에 도달해 거칠게 벽을 때리기 시작했다. 녀석의 힘이 얼마나 과했는지 그 주변으로 충격파가 일어나는 듯했으나 치호는 아랑곳하지 않고 녀석의 등 뒤로 돌아가 다시 한번 공격을 성공시켰다.

쓰컥!

다시 한번 절삭음이 치호의 귓가에 들렸고, 동시에 여신의 목소리가 〈배틀 필드〉에 울리기 시작했다.

―배틀 필드에 관한 권한은 내게도 있습니다! 내가 살아 있는 한 마음대로 해제하지 못할 것입니다!

"여신 이 망할 년! 어서 해제하란 말이야! 어서!"

치호의 두 번째 일격에 당한 감시자는 그 넓은 등에 긴 상처가 새롭게 생겼지만 상처보다 여신에게 애원하듯 〈배틀 필드〉를 해제하라고 외쳤다. 그런 감시자의 모습에 치호는 어처구니가 없었다. 이런 녀석에게 자신이 공격을 허용하고 바닥을 구르면서 잠시 희망을 포기한 기억이 떠올랐기 때문이다.

"나 참, 겨우 이런 놈 때문에 개고생을 했다니… 창피해서 얼굴을 들 수가 없군."

"이, 이 버러지 같은 테스터 놈 주제에!"

감시자는 여신과의 대화를 나누면서도 계속해서 〈배틀 필드〉의 벽을 두드리다가 희망이 보이지 않는지 치호에게 쇄도해 남은 한쪽 팔을 휘두르기 시작했다.

하지만 그런 계획성 없는 감시자의 마구잡이식 공격에 치호가 당해줄 리가 만무했다. 녀석의 공격을 허용한다면 저 힘 때문에 다소 위험하긴 하겠지만, 지금의 공격은 너무 단조로웠기 때문에 피하기가 어렵지 않았다.

쓰컥!

치호는 녀석의 공격을 피하면서도 녀석에게 수없이 많은 상처를 내었고, 치호와 공방을 시작한 지 얼마 지나지도 않아 감시자는 온몸을 자신의 피로 적셔야 했다.

더욱이 치호의 공격은 하나하나가 녀석의 취약점을 노린 공격이었기 때문에 공격을 한 번 허용할 때마다 감시자는 맥없이 무너졌다.

"쿨럭! 겨우 테스터 놈 때문에……."

"그 테스터한테 죽는 게 네놈인데 끝까지 그런 헛소리라니… 이젠 그만하지."

"크크크, 날 죽인다고 진짜 죽을 것 같으냐? 건방 떨지 마라! 그분께서 내게 다시 기회만 주신다면 난 부활할 것이다! 그러니 그 알량한 주둥아리를 놀릴 수 있을 때 놀려……."

쓰컥!

치호는 녀석이 하는 말이 지겨워 아무런 자비도 없이 녀석의 목을 파멸의 조각으로 베어버렸다.

감시자의 그 두껍고 단단해 보이던 목이 파멸의 조각에 두부처럼 썰려 나가며 피 분수를 뿜어냈다.

제6장
진실 Ⅲ

[배틀 필드가 해제됩니다.]

　녀석이 쓰러짐과 동시에 〈배틀 필드〉가 해제된다는 메시
지가 떠올랐고, 치호의 앞을 가로막고 있던 투명한 벽이 눈
녹듯 사라졌다.
　"아저씨!"
　"치호, 괜찮아? 전투는… 녀석은 어떻게 된 거야? 끝난 거
야?"
　"아저씨, 다친 덴 없어요? 이 피는 뭐예요? 포션! 이 포션을

사용하세요! 어서요!"

전투가 끝나 〈배틀 필드〉가 해제되자마자 치호를 향해 일행이 달려온 것이다. 대진을 비롯한 메이, 미소는 그 어느 때보다 빠른 속도로 달려왔고, 치호가 뒤집어쓴 감시자의 피에 놀랐다.

"후, 어쨌든 전투는 끝났다. 여기 보이는 이게 녀석의 시체이고 이 피는 내 것이 아니니까 호들갑 떨 필요 없어."

치호는 호들갑 떠는 일행을 진정시켰다. 처음에는 녀석과의 전투에서 고생했을지언정 〈여신의 가호〉를 받은 이후부터는 수월한 싸움이었기에 상처 따윈 없었다.

"휴, 정말 이번엔 위험했어요."

"그러게 말이야. 여신의 가호가 없었으면, 으, 생각만 해도 끔찍하군."

치호의 상태를 확인한 대진과 일행은 그제야 안도의 한숨을 내쉬고 감시자의 시체를 확인했다.

"확실히 우리가 상대한 녀석들과는 다르지?"

"정말요. 전 무슨 그림자 같은 건 줄 알았는데… 이런 모습이라니… 하, 필드는 정말 알다가도 모르겠어요."

"그나저나 감시자도 죽어버렸는데 이젠 어떻게 되는 거야? 필드는 안정화된 건가?"

대진과 일행은 제각각 의견을 말하기 시작했고, 치호는 그런 일행의 말을 들으면서도 파멸의 조각을 아직 집어넣지 않았다. 아직 해결해야 할 일이 남았기 때문이다.

"그건… 여신에게 물어봐야겠지. 안 그런가, 여신이여?"

치호는 천천히 다가오고 있는 여신의 향해 말하며 동시에 파멸의 조각을 겨누었다. 치호로서는 여신 또한 완벽하게 믿을 수 있는 존재가 아니기 때문에 파멸의 조각을 집어넣지 않고 여신을 기다린 것이다.

여신은 치호의 따가운 시선을 받으면서도 걸음을 멈추지 않고 천천히 치호에게 다가왔다. 일행 역시 여신에게서 눈을 떼지 않았다. 그들 또한 여신에게 물을 것이 많았다.

"배틀 필드가 자연스레 해제된 걸 보면… 감시자는 처리하셨군요. 역시… 당신이에요."

"그런 쓸데없는 소리는 그만하고, 내게 할 말 없어? 할 말이 많을 것 같은데 말이야."

치호는 여신이 쓸데없는 말을 할 것 같아 얼른 화제를 돌리고 단도직입적으로 물었다. 그러자 여신이 크게 한숨을 내쉬고 힘겹게 입을 떼었다.

"후, 어디서부터 말씀드려야 할지 모르겠습니다. 하지만 제가 한 모든 일은 정말 인간들을 위해서였습니다. 감시자가 한 말처럼 지배한다느니 하는 것은 정말 아닙니다."

"그럼 이 배틀 필드로 불려온 이들을 선별했다는 그 말,

그건 진실인가?"

치호가 물었고, 그 질문은 대진이나 메이, 미소 역시 궁금한 것인지 여신의 입이 열리기만을 기다렸다. 만약 여신이 이곳으로 부른 것이 진실이라면 이 모든 고통은 여신에게서 비롯되었다 할 수 있기 때문이다.

여신은 그런 일행의 시선에 잠시 고민하는 것 같더니 이내 결심을 했다는 듯 입을 떼었다.

"그 말은… 사실입니다."

"이런 제길! 이런 위선자 같은 년! 그래 놓고 감시자가 어쩌고 어째? 왜 날 이곳으로 불렀어? 왜?"

"당신 때문에… 나와 내 동생은……. 하, 정말인가요? 대체 왜죠?"

여신의 말이 떨어짐과 동시에 대진과 메이는 여신에게 이곳으로 부른 이유를 물었고, 미소는 입술을 깨물었다.

"죄송합니다. 하지만 당신들이 필요했습니다. 아니, 이 필드로 소환된 이들 모두가 필요했습니다. 그들은 모두가 가능성을 가지고 있는 이들이니까요."

여신의 말에 치호의 한쪽 눈썹이 꿈틀거렸다. 여신이 말하는 가능성이라는 것의 의미가 궁금했기 때문이다.

"가능성? 그건 정확하게 무슨 뜻이지?"

치호가 묻자 여신은 생각을 정리하는 듯싶더니 자초지종

을 설명하기 시작했다.

"여러분의 세계에서는 하루에도 수천, 수만의 사람이 죽어 갑니다. 하지만 그들이 모두 이 필드로 넘어오지는 않지요. 가능성이 있는 자들만 선별해서 선택하니까요."

치호와 일행은 여신의 말을 집중해서 듣기 시작했다. 어쩌면 이곳으로 오게 된 이유에 관해서 알 수 있을지 몰랐다.

"그 가능성이란 힘을 받아들일 수 있는지의 여부입니다. 여러분이 자연스레 사용하고 있는 그 스킬의 힘을 말입니다."

"스킬? 그 힘을 사용할 가능성이 있는 자만이 필드에 올 수 있다는 건가?"

"예, 맞습니다. 힘조차 받아들일 수 없는 이들에게 필드는 너무 가혹한 환경이니까요."

치호는 여신의 말을 들으며 짜증이 치밀어 올랐다. 여신의 답이 온전하지 못했기 때문이다.

"그런데 말이야, 우리는 이곳에 오는 것을 허락한 적 없는데? 가능성이 있으면 무조건 이곳으로 와야 하는 건가? 난 그저 죽음을 원했는데… 바로 너 때문에 내 죽음이 깨져 버려서 이 개고생을 하고 있지. 어떻게 생각해, 그 부분에 관해서?"

치호는 차분하게 말을 이어갔지만 그 안에서는 정제되지

않은 분노가 느껴졌고 그 감정은 일행도 마찬가지였다. 일행은 자신이 선택하지 않은 일 때문에 이런 고통을 받고 생존을 위한 투쟁을 하게 되었기 때문이다.

"아닙니다. 생각하시는 것과는 조금 다릅니다. 제가 오로지 필드를 위해 이렇게 행동한 것은 아닙니다. 제가 여러분의 동의도 구하지 않고 여러분을 모셔오게 된 것은 다음 차례가 바로 여러분의 세계이기 때문입니다."

"뭐?"

치호를 비롯한 일행은 여신의 생각지도 못한 말에 잠시 멍해졌다. 다음 차례라는 것이 무엇을 뜻하는 것인지 전혀 감을 잡을 수 없었다.

그때 치호가 재빨리 생각을 정리하고 여신에게 재차 물었다.

"다음 차례라면… 지구를 말하는 것인가?"

"그렇습니다. 이 필드를 정리하고 나면 다음 필드는 지구입니다. 놈들은 지구를 다음 테스터들의 활동 영역으로 삼을 생각이었죠. 과거 우리의 세상이 갈가리 찢기기 전 그때처럼 말이에요."

"허, 미치겠군."

즉, 녀석들은 이 필드를 정리하고 자신이 살고 있던 세상을 덮칠 생각이었던 것이다. 어쩌면 그렇기 때문에 여신이 지구에서 인간들을 불러들일 수 있던 것인지도 몰랐다.

"그럼… 지구에서도 이런 괴물들이 출몰하게 된다는 의미인가?"

"예, 맞습니다. 그리고 그 괴물들은 오로지 스킬의 힘에 의해서만 처리가 가능할 것입니다. 여러분의 세계에서 어떤 식으로 문명을 발전시켜 왔던 그것은 중요하지 않습니다."

"감시자… 처럼 말이군."

치호는 여신의 말에 감시자를 처리할 때 〈여신의 가호〉를 받기 전 감시자에게 공격이 제대로 들어가지 않던 것을 떠올렸다.

그것을 떠올리니 여신이 하고 싶은 말이 어떤 것인지 감을 잡을 수 있었다.

"그래서… 우리를 불러들였다 이건가? 어차피 다음 타깃은 우리가 있는 세계일 것이니 미리 와서 막을 기회를 줬다, 이 뜻인가?"

치호의 말에 여신이 고개를 끄덕였다. 그런 여신의 태도에 치호를 비롯한 일행은 대체 어떤 말을 꺼내야 할지 몰라 혼란스러워 인상을 찌푸렸다.

"치호, 이게 사실이라면… 하, 미치겠군."

"지구가 이렇게 갈가리 찢겨 나갈 것이란 걸까요?"

"글쎄… 찢겨 나갈지 안 나갈지는 모르지. 올브람의 이야기를 보면 놈들에게 반기를 든 후 세계가 갈가리 찢겨 나갔다고 했으니까."

치호와 일행은 잠시 여신의 말에 관해 의견을 나누었다. 전혀 예상치 못한 충격적인 사실에 마음이 복잡해진 것이다.

그러길 잠시, 치호는 크게 숨을 내쉰 후 다시금 여신에게 말했다.

"참 나, 할 말 없게 만드는군. 막상 확인할 수도 없으니 뭐라고 따져 묻지도 못하겠고. 아주 잘 피해 나가는군, 여신이여."

"하지만 이것이 진실입니다. 제가 당신들을 불러들일 권한을 얻은 것도 그 때문입니다. 정말이니 믿어주세요."

여신이 저렇게까지 말하니 더 이상 따져 물을 수가 없었다. 다음 차례가 지구라면 빠르든 늦든 녀석들과 싸우게 될 것이었다.

더욱이 치호의 경우 살아 있다면 녀석들과 반드시 조우하게 될 것이니 그때 싸우는 것보다 이곳에서 싸우는 게 낫다고 생각되었다.

하지만 여신을 향한 치호의 물음은 끝나지 않았다. 아직 궁금한 것이 많았다.

"하, 좋아. 그건 그렇다고 하지. 그런데 그 〈여신의 가호〉? 그건 뭐지? 어째서 이전의 공격들은 감시자들에게 통하지 않는 것인지 궁금한데?"

치호가 묻자 그것은 별로 어려운 대답이 아니라는 듯 고민도 하지 않고 바로 대답했다.

"그건 바로 소환된 테스터들에게는 제한이 걸려 있기 때문입니다. 감시자들에게 해를 끼칠 수 없는 제한이 말입니다."

"그건 무슨 뜻이지? 난 녀석을 네 번째 필드에서 베었는데 말이야. 그때는 이런 걸 느끼지 못했는데?"

"아닙니다. 치호 님이 그때 상대하신 것은 감시자들의 분신체에 불과합니다. 그러니 공격도 가능하고 없앨 수도 있는 것이죠. 하지만 방금과 같은 본체는 다릅니다. 보통의 테스터라면 그들에게 대항하지 못하죠. 애초에 그런 힘이니까요."

"하, 여러 가지로 마음에 안 드는군. 만약 널 만나지 못했다면 감시자들에게 손끝 하나 대보지도 못하는 거 아니야?"

치호는 이 어처구니없는 상황이 마음에 들지 않았다. 마치 누군가의 허락을 받아야만 싸울 수 있다는 것은 썩 유쾌하지 않았다.

하지만 여신은 그런 치호의 마음을 알고 있는지 다시금 변명 아닌 변명을 하기 시작했다.

"감시자도 말했지만 이 힘의 근원은 그놈의 힘입니다. 그 때문에 어쩔 수 없는 부분이 있습니다. 하지만 제가 여러분과 저희 신도들에게는 그런 제한 따위 〈여신의 가호〉라는 이름으로 풀어놓았으니 문제없습니다."

"뭐… 말로는 뭘 못할까. 마음에 안 들어."

"죄송합니다. 특히 치호 님을 이곳으로 소환할 때는 정말 고민 많이 했습니다. 당신을 불러도 되는지를 말입니다. 하지만 당신이 없으면… 그놈을 처리하기란 불가능할 것 같아서… 죄송합니다."

치호는 여신의 말에 그저 한숨을 내쉬며 조용히 파멸의 조각을 검집에 집어넣었다. 이미 벌어진 일을 가지고 뭐라고 할 수도 없고, 여신은 나름 최선을 다해 감시자들과 대항하고 있었기 때문이다.

"뭐… 좋아. 마지막으로 하나만 묻지. 이건 답을 제대로 해야 할 거야. 이 대답으로 내가 앞으로 너와 함께할지 아닐지가 결정될 테니까 말이야."

파멸의 조각을 검집에 넣었지만 치호의 질문은 끝나지 않았다. 마지막으로 중요한 질문 하나가 남아 있었다.

"감시자가 말하길… 쥬드 그놈에 관해서 네가 먼저 알아차렸다고 했는데 어떻게 된 거지? 그리고 왜 쥬드를 처리해야만 했지? 애초에 녀석을 나와 동료로 만드는 퀘스트를 내렸다면 상황이 변했을 것 같은데?"

치호의 기억 속에 있는 쥬드는 보통이 아니었다. 두 번째 필드에서 만났음에도 파멸의 조각을 손에 들고 자신과 맞붙을 정도로 강한 힘을 보였었다.

쥬드가 가진 강함의 종류는 알란이나 다른 녀석들과는 달랐다. 두 번째 필드에서 녀석과 전투를 벌였기에 망정이지 세 번째 필드나 네 번째 필드에서 만났다면 상황이 어떻게 변했을지 모를 만큼 녀석은 많은 가능성을 내포하고 있었다.

더군다나 쥬드의 말처럼 수십, 수백 번의 회귀를 걸쳤다면 그의 경험은 자신 못지않을 것이다. 물론 그 깊이에 있어서는 다를지라도 단순히 전투에 관한 경험만으로는 비슷할지 몰랐다.

그런 쥬드를 여신은 먼저 발견했고 자신에게 처리하라는 퀘스트를 내렸다. 그것은 감시자들과 맞붙어야 하는 여신이 행할 행동으로는 보이지 않았다.

오히려 쥬드를 회유하고 녀석을 한편으로 끌어들여 놈의 힘을 이용하는 방향으로 잡았어야 맞는데 그와 반대되는 행동을 한 것이다.

더욱이 쥬드를 처리하라는 그 퀘스트 때문에 감시자들 또한 정화 작업을 진행하게 되었다면 여러 가지로 잘못된 행동이었다.

그 때문에 치호는 여신에게 쥬드를 왜 그런 식으로 처리해야 했는지 물었고, 여신은 재빨리 고개를 흔들며 치호의 생각을 부정하듯 말했다.

"치호 님이 생각하시는 것이 무엇인지 알고 있습니다. 하지만 그는 그럴 수 없습니다."

"그건 무슨 뜻이지?"

"그는 치호 님과 다른 존재입니다. 그는 갇힌 시간 속에서 살아가는 존재입니다. 만약 그의 힘을 빌려 놈을 처리한다고 해도 결국 쥬드가 죽는 순간 모든 것이 허사가 됩니다."

"그 말은……."

"네, 결국 처음으로 돌아갑니다. 쥬드가 처음 이곳으로 왔을 때로 말입니다. 그러면 저희는 앞으로 단 한 발자국도 나아가지 못한 상태에서 영원히 제자리걸음을 할 뿐이죠."

치호는 그런 여신의 말을 듣고 낮은 탄식을 토해내었다.

"한 걸음도 나아갈 수 없다니… 납득이 되지 않는군."

치호는 여신의 말에 미간을 좁혔다. 여신은 쥬드가 존재함으로써 한 걸음도 앞으로 나아가지 못한다고 말했으나 치호는 경험으로 그렇지 않다는 것을 알고 있기 때문이다.

쥬드 역시 테스터이기 때문에 지구에서 이곳 필드로 넘어온 것이 틀림없는데, 그렇다면 함께 지구에 있던 치호가 모를 리 없었다.

만약 쥬드가 그랬다면 치호가 그런 존재를 알아차리지 못했을 리 없다. 치호는 이곳 필드로 오기 전 '소멸의 단'을 조사하면서 거의 모든 자료를 검토했고, 수많은 신화와 전설을 비롯해 항간에 떠도는 소문까지 모든 자료를 검토하고 또 검토했기에 만약 쥬드가 그런 종류의 힘을 가지고 있다면 치호가 모를 리 없었다. 그렇기에 여신의 말에 쉽게 동의하지 못하는 것이다.

그런 치호의 표정을 보고 여신도 충분히 이해한다는 듯 치호에게 부연 설명을 하기 시작했다.

"그는 치호 님과 다르다고 말했지요? 그는 원래부터 그런 힘을 가진 게 아닙니다. 치호 님께서 원래 계시던 곳에서는 발현될 리 없는 힘이었지요."

"그렇다는 것은?"

"예. 저 역시 처음엔 그저 미약한 가능성을 보았을 뿐입니다. 그래서 그를 이곳 필드로 오게 한 것이지요. 하지만 이곳 필드에 무언가 잘못되었는지 그의 잠재되어 있던 힘이 깨어나 버린 것입니다."

"호오, 그렇다면 쥬드 말고 또 다른 종류의 힘을 가진 이들이 있을 수도 있다는 것겠군."

치호는 흥미롭다는 듯 여신의 말을 들었고, 여신은 그저 치호의 말에 고개를 끄덕였다.

"그래서 감시자란 놈들이 서둘러 필드를 정리하기 시작한 거군. 또 다른 녀석들이 나타나기 전에 말이야."

"그렇습니다. 저 또한 그를 처리한 게 이런 결과를 일으킬 것으로 생각하지 못했습니다. 그저 필드를 제 맘대로 쥐락펴락하는 놈들을 완전히 처리하기 위해 벌인 일인데… 감시자들이 이런 식으로 반응할 줄은… 하아!"

"완전히 처리하다니… 무슨 뜻이지?"

치호는 아직 여신이 하지 않은 말이 있는 것 같아 여신이 한 말의 정확한 의미를 물었고, 여신은 더 이상 감출 것이 없다는 듯 망설임 없이 이야기했다.

"쥬드… 그가 말했죠? 언제나 치호 님과 함께였다고. 때로는 적으로, 때로는 동료로 말이에요."

"그렇지. 녀석은 내 힘을 보았다고 했으니까."

"맞습니다. 그래서 쥬드는 매 회차마다 치호 님을 추적하며 치호 님이 가져야 할 물품을 먼저 챙기기 시작했습니다."

"아, 그렇지. 이 파멸의 조각 역시 녀석이 가지고 있던 거니까."

치호가 허리춤에 찔러둔 〈파멸의 조각〉을 가리키며 말하자 여신이 고개를 끄덕였다.

"쥬드는 치호 님과의 여행을 추적하며 하나하나 물품을 가로채기 시작했지요. 그것도 영웅이나 영웅의 동료들에게 인정 받지 못한 상태에서 억지로 힘을 취한 거죠."

"그런 건가?"

"그의 아집과 집념은 보통이 아니었습니다. 그 때문에 저 역시 극단적인 선택을 할 수밖에 없던 것입니다. 그가 존재하는 한 치호 님이 영웅의 물품을 모두 모을 수가 없으니까요."

치호는 여신의 말을 들으면 들을수록 한숨밖에 나오지 않았다. 자신과 엇비슷한 힘을 가졌음에도 비뚤어진 아집 때문에 모든 것을 잃은 것이다.

쥬드의 마지막 모습을 떠올리던 치호는 문득 그때 당시 떠오른 메시지를 기억해 냈다. 분명 자신은 쥬드를 죽이지 못했다.

"이봐, 그런데… 그 쥬드 말이지. 분명 내 손으로 처리하긴 했지만 그때 메시지는 달랐어. 분명 포획했다고 했는데 그건 무슨 의미지? 아직 쥬드가 살아 있다는 뜻인가?"

쥬드를 처리하라고 한 〈인과율의 균형추〉 퀘스트를 완료했을 때 떠오른 메시지는 분명 쥬드를 처리했다던가 하는 메시지가 아니었다. 분명 포획했다고 적혀 있었기에 그 부분에 관해서 물은 것이다.

"맞습니다. 쥬드는 죽어서는 안 됩니다. 그가 죽는 순간 모든 것은 그가 처음 이 필드로 왔을 때로 돌아가 버리니까요."

"허, 그렇다면 지금 쥬드는 어디에 있지? 아니, 쥬드는 앞으로 어떻게 되는 거지?"

치호는 그런 자세한 내막까지는 몰랐으나 알게 된 이상 모른 척할 수 없었다. 어떻게 보면 쥬드 역시 영문도 모른 채이곳 필드로 넘어온 희생자나 다름없기 때문이다. 더욱이 자신이 원해서 온 것도 아닌데 힘을 가졌다는 이유로 이런 식의 대우를 받아서는 안 되기 때문이다.

"치호 님, 그를 동정하셔서는 안 됩니다. 쥬드 하나 때문에 모든 이의 노력이 허사가 되는 것은 물론 모든 이가 갇힌 시간 속에서 살아야 하는 불상사가 생기게 됩니다."

"흥, 그래도 그냥 넘어갈 수는 없지."

"하아, 알겠습니다."

다른 이였으면 쥬드를 그냥 모른 척 넘어갈 수 있을지도 모르나 치호는 그럴 수 없었다. 홀로 됨의 고독감을, 그리고 영생의 저주를 경험하고 있는 치호로서는 비슷한 저주를 가진 쥬드를 그냥 넘어갈 수 없었다.

그것은 쥬드가 치호를 보고 동질감을 느낀 것처럼 치호역시 쥬드를 보고 동질감을 느꼈기에 저절로 일어나는 행동이었다.

그런 단호한 치호의 말에 여신이 한숨을 쉬면서 품 안에서 무언가를 꺼내 치호에게 내밀었다.

마치 스킬 구슬처럼 생긴 주먹만 한 구슬이었는데, 그 구슬은 지금껏 치호가 단 한 번도 보지 못한 색을 띠고 있었고 그 색조차도 매분, 매초 바뀌고 있는 것처럼 계속 변화하고 있었다.

"이게… 뭐지?"

"쥬드를 포획해 둔 구슬입니다."

"뭐? 여기에 쥬드가 있다고?"

치호는 재빨리 여신이 건네는 구슬을 받아 들고 조심스레 살폈다. 하지만 특이점을 발견하지 못해 여신의 말을 기다렸다.

"치호 님께서 쥬드를 처리하셨을 때 쥬드는 또다시 회귀하려고 했지요. 그때 그 쥬드의 혼을 낚아채 이곳에 가두어둔 것입니다. 이런 식으로 봉해두면 다시는 회귀할 수 없을 것이고 시간이 흐르면 그 혼은 스스로 망각에 접어들어 스스로 소멸될 것입니다."

"허, 그렇다면 이 구슬을 깨뜨리면 쥬드가 다시 회귀한다는 소리야?"

"네, 그렇습니다. 그러니 그 물건은 절대 깨져서는 안 됩니다. 만약 쥬드가 다음에 다시 회귀하게 된다면 그때는 어떻게 될지 저도 장담할 수 없습니다. 분명 퀘스트를 받기도 전에 무슨 짓을 벌일지……."

"골치로군, 골치야."

치호가 고개를 절레절레 흔들며 쥬드를 봉인해 두었다는 구슬을 바라보자 마치 치호를 알아보는 듯 색이 변하는 것만 같았다.

어쩌면 쥬드는 구슬 안쪽에서 일행의 대화를 모두 듣고 있는지도 몰랐다.

'이건 내가 가지고 있어야겠군.'

치호는 문득 쥬드를 봉인한 구슬을 자신이 가지고 다녀야겠다는 생각이 들었다. 여신에게 쥬드를 맡기는 것도 불안했고 자신이 이렇게 만들었으니 최소한 쥬드의 곁에서 끝까지 함께해 주는 것이 도리라는 생각이 들었다.

"이 물건은 내가 가져도 되겠지?"

"네, 오히려 그건 제가 부탁드리려고 했습니다. 저는… 치호 님과 달리 유한한 존재니까요."

"알았다. 이건 내가 보관하지."

치호가 인벤토리에 쥬드를 넣자 새로운 메시지가 떠올랐다.

['영혼의 구슬'을 획득하였습니다.]

떠오른 메시지를 보며 치호는 아무도 모르게 입술을 깨물었다. 쥬드를 그저 아이템 취급하는 것 같은 느낌이 들어 기분이 그다지 좋지 않았다.

'짜증 나는군.'

치호는 쥬드에 대한 처사가 어쩔 수 없다는 것은 알지만 그렇다고 유쾌하다거나 안심이 되는 기분은 아니었다. 어딘지 모르게 찜찜한 것이 기분이 좋지 않았다.

쥬드와의 만남이 잘못되긴 했지만 알게 모르게 동질감을 느끼고 있었다. 더욱이 쥬드에게 일어난 일이 자신에게도 일어날 수 있다고 생각하니 그다지 기분이 좋지 않았다.

'감시자 놈들이 어쩌면 내 육체만 취하고 날 저렇게 만들었을지도 모르겠군. 내가 살아야 육체를 유지할 수 있을 테니 말이야. 정말… 필드는 방심을 못하겠군.'

치호가 나름대로 쥬드를 떠올리며 여신의 말과 감시자와의 대화를 머릿속에서 정리하고 있을 무렵 대진과 일행이 조심스레 치호에게 다가와 물었다.

"저… 치호, 끝난 거야? 그래서…' 여신은 우리의 적인 거야, 아닌 거야?"

"중간중간 모르는 이야기 때문에… 저희는 어떻게 해야 하죠?"

"치호 아저씨, 전 어떻게 되든 상관없어요. 아저씨가 하는 결정에 따를게요."

일행은 쥬드니 회귀니 하는 부분부터 여신과의 대화를 이해하지 못한 것 같았다. 이미 여신과 치호의 대화는 평범한 사람들이 쉽게 이해할 수 있는 정상적인 범주를 넘어섰기 때문이다. 그 때문에 어느 순간부터 일행은 치호의 결정을 기다리고 있었다.

"흐음, 탐탁지는 않지만 일단 적은 아니다. 그렇다고 너무 믿지는 마. 여신도 결국 자신의 목적을 위해 우리를 이용하는 거니까. 그리고 숨겨진 힘이 있을지도 모르니 쉽게 생각하지 말고."

"그래? 하아, 차라리 적이라고 했으면 좋았을걸."

"그러게요. 우릴 이곳으로 부른 저 여신을 보고도 그냥 넘어가야 한다는 게 별로 마음에 들지 않네요. 만약 여신만… 여신만 없었다면 알란이 그렇게 되진 않았을 텐데……."

대진과 메이는 여신을 적대하지 않는다는 치호의 말에 실망한 것 같았다. 일이야 어찌 되었든 자신을 이곳 필드로 불러들인 게 여신이라는 사실은 변함없었기 때문이다.

더욱이 메이의 경우 동생인 알란을 잃게 되는 계기가 여신 때문이나 마찬가지였으니 그 마음이 더욱 아플 것이다. 하지만 두 사람 모두 다음 타깃이 지구라는 말을 들었기에 쉽게 결정하지 못한 것 같았다.

그렇기에 치호의 결정을 기다린 것인데 그 결정이 조금 아쉬운 듯싶었다. 하지만 그렇다고 하더라도 치호의 결정에 따르지 않으려는 생각은 아니었다. 그들 역시 어떻게 행동해야 할지 아직 혼란스럽기에 치호를 믿기로 결정한 것이다.

메이는 치호의 말에 따르기로 했지만, 여신에게 할 말이 있는지 여신 앞으로 다가가 말했다.

"이봐요, 난 당신을 용서한 게 아니에요. 제가 죽는 날까지 당신을 저주할 거예요. 어쨌든 당신은 우릴 이런 지옥으로 밀어 넣은 장본인이니까."

"죄송합니다. 죄송해요."

여신은 메이의 말에 대꾸할 말이 없는지 그저 고개를 숙이고 죄송하다는 말만 반복했다. 메이는 그런 여신을 보고 입술을 깨물며 돌아서서 치호의 곁으로 돌아왔다.

대진 역시 그런 메이의 표정을 보고 딱히 뭐라고 할 순 없었다. 메이의 복잡한 감정을 헤아린 것이다.

"어휴, 그런데 치호."

잠시 메이를 바라보고 있던 치호는 대진의 부르는 소리에 고개를 돌렸다. 알란을 직접 처리한 치호 역시 메이에게 무어라 말을 건넬 처지가 아니었기 때문이다.

"궁금한 게 있나?"

"그게 말이야, 흐음, 감시자 말인데……."

"감시자?"

"내가 잘 몰라서 그런데… 감시자는 원래 시체가 사라지지 않나? 필드의 지배자 같은 경우인가?"

대진은 치호가 처리한 감시자의 시체를 가리키며 말했고,

그 자리에는 여전히 감시자의 시체가 덩그러니 널브러져 있었다.

여전히 미동도 않는 감시자의 시체를 보았지만 치호 역시 그것은 알지 못했다. 치호도 육체를 가진 감시자를 상대한 것은 이번이 처음이기 때문이다.

하지만 그에 대한 답을 줄 이가 바로 옆에 있었기에 치호는 망설임 없이 여신을 불러 물었다.

"이봐, 감시자의 시체는 테스터나 괴물처럼 재가 되어 사라지지 않는 건가?"

"네? 그게 무슨……."

"저길 봐. 감시자의 시체가 아직 사라지질 않아서 말이야. 만약 필드의 지배자들처럼 사라지지 않는 거라면 뼈 같은 것이라도 채취해 둬야겠군."

녀석의 가죽은 치호의 검에도 견딜 정도로 질겼고 그 뼈 또한 단단했기에 쓸모가 많을 것 같았다. 그렇기에 만약 활용할 수 있다면 활용하려는 것이다.

하지만 치호의 말을 들은 여신은 그저 입만 뻐끔거렸고, 그녀의 고운 이마에서 뺨을 따라 땀 한 방울이 떨어져 내렸다.

"이, 이럴 리가? 어째서… 어째서 사라지질 않는……."

치호는 여신의 태도에 무언가 잘못되었음을 느꼈고 동시에 〈파멸의 조각〉에 손을 올리며 일행에게 외쳤다.

"모두 물러서!"

치호의 외침이 끝나자마자 일행은 치호의 뒤로 물러섰고, 그것을 기다렸다는 듯이 하늘에서 검은 빛줄기 하나가 떨어져 내렸다. 그 모습은 마치 치호가 여신에게 가호를 받을 때의 모습과 비슷했으나 감시자의 시체 위로 떨어져 내리는 그 검은빛은 〈여신의 가호〉와는 다르게 불길한 느낌을 주고 있었다.

제7장

강림 Ⅰ

검은빛이 감시자의 사체 위로 떨어지기 시작하자 일행을 비롯한 여신 역시 긴장된 표정으로 상황을 지켜보았고, 치호의 손에는 어느새 파멸의 조각이 들려 있었다.

어쩐지 검은빛의 기둥에서 지금까지는 단 한 번도 느껴보지 못한 불길한 기운이 치호의 피부를 찌르고 있었다.

'뭐지, 이건?'

치호는 미간을 좁히며 검은빛의 기둥 안쪽에서 일어나는 변화를 관찰하려 했지만, 내부가 전혀 보이지 않아 상황이 어떻게 돌아가는지 알 수 없었다.

"여신, 이건 뭐야? 대체 무슨 일이 일어나고 있는 거야?"

치호는 눈앞에서 벌어지고 있는 일을 도통 이해할 수 없었기에 여신에게 물었으나 여신도 이런 경험은 한 적이 없는 듯 멍한 표정이다.

'제길, 대체 무슨 일이 일어나는 거야? 그리고 이 존재감은 뭐고. 망할 필드 같으니라고.'

그때 검은빛의 기둥 안에서 무언가 기척이 느껴지기 시작했고, 그 기척은 점점 존재감을 키워갔다. 점점 커지는 그 존재감은 치호 역시 무시할 수 없을 정도로 무섭게 커져가 치호의 이마에서 굵은 땀방울이 떨어져 내리기 시작했다.

필드에서 활동한 이후 적을 대면하기도 전에 오로지 존재감만으로 치호를 이렇게 긴장시키는 경우는 단 한 번도 없었다. 하지만 저 정체를 알 수 없는 검은빛의 기둥 안에서 치호를 긴장케 만드는 존재감이 자라나고 있었다.

"궁극의 방어! 율리아의 전투 함성!"

치호는 검은빛의 기둥 안에서 무엇인지 모를 존재가 점점 존재감을 키워가자 다급하게 방어를 위한 스킬을 사용하기 시작했다.

만약 혼자서 저 미지의 존재를 상대하는 것이라면 상관없겠지만, 이곳에는 대진을 비롯한 메이와 미소가 함께 있기 때문에 단 한 순간의 방심도 허용해서는 안 됐다.

[지정인 대진, 메이, 미소에게 궁극의 방어가 적용되었습니다.]

[지정인에 대한 절대 방어가 적용됩니다.]

지금까지는 소모 마력이 크고 그다지 활용성이 크지 않다고 생각해 사용하지 않던 치호의 경험 스킬 〈궁극의 방어〉를 사용했다.

더욱이 그것만으로도 안심이 되지 않아 공격력과 방어력을 함께 올려 버리는 〈율리아의 전투 함성〉까지 재차 사용하여 혹시 모를 공격에 대비했다.

하지만 이렇게까지 준비했음에도 어쩐지 치호는 마음이 놓이지 않았다. 그만큼 검은빛의 기둥 안쪽에서 느껴지는 존재감이 치호를 긴장시키고 있었다.

"치, 치호, 이거 뭐야?"

"아저씨……."

"어쩌면… 지금까지 감시자가 힘을 숨기고 있던 걸까요?"

존재감이 일정 수준 이상으로 오르자 일행 역시 심상치 않음을 느낀 것이다. 더욱이 치호의 표정이 딱딱하게 굳어 있음은 물론이고 스킬까지 미리 사용해 대비하는 모습을 보니 일행의 마음 역시 불안해진 것이다.

언제나 여유롭고 자신감 넘치던 치호의 모습만 보다가 이렇게 긴장하고 있는 치호의 모습을 보니 저절로 긴장감이 감돈 것이다.

그때 미소가 던진 말에 화답하듯 여신이 한 발짝 앞으로 나오더니 말했다.

"감시자… 아니에요! 저건 절대 감사자들이 가질 수 있는 힘의 수준이 아니에요!"

여신이 다급한 목소리로 말했고, 그런 여신에게 일행의 시선이 돌아갔다. 여신은 저것의 정체가 무엇인지 알아차린 것 같은 뉘앙스였다.

"그럼… 뭐지, 저건? 감시자보다 상위의 존재가 있는 건가?"

"잠깐, 치호! 감시자들보다 상위의 존재라면……."

"아저씨, 설마……!"

"그렇다면 드디어……!"

일행 역시 무언가 눈치챘다는 듯 말하기 시작했고, 여신은 그런 일행의 질문에 고개를 끄덕이며 말을 이었다.

"맞아요! 그놈이에요! 이 존재감과 불길함, 그리고 그 안에서 느껴지는 힘까지 이 세상을 이렇게 만들어 버린 그놈이에요!"

여신은 검은빛의 기둥 안에 있는 존재에 관해 확신이라도 하듯 말했지만 스스로 말하고도 믿을 수 없다는 듯한 표정을 짓고 있었다.

"이건 말도 안 되는데… 어떻게… 이래서는 안 돼……."

여신의 태도를 보니 무언가 잘못 돌아가도 한참 잘못 돌아가는 것 같아 보였는데 여신은 이래서는 안 된다는 말만 반복했다.

짝!

치호가 여신에게 다가가 힘차게 뺨을 때렸다. 좀 과격한 방법이었지만 여신이 정신을 차리도록 하기 위해선 어쩔 수 없는 선택이었다.

"정신 차려!"

치호가 여신에게 외치자 자신의 뺨을 어루만지던 여신의 동공의 초점이 돌아오는 것 같았다. 그러더니 치호를 보며 말했다.

"죄, 죄송해요."

여신은 자신의 실수를 자각했는지 조금 부어오른 뺨을 만지면서도 연신 죄송하다는 말을 반복했다. 치호가 그런 여신에게 상황에 관해 물었다.

"저 안에서 점점 존재감을 키우고 있는 것이 우리가 상대해야 할 녀석 맞나? 필드를 이렇게 만들어놓은?"

"네, 맞아요. 하지만… 그놈이 어떻게 이곳에 나타날 수 있는 건지… 이해가 되지 않아요. 저는 놈에게 새로운 육신을 준 적이 없는데 어떻게 이런 일이 벌어지고 있는 건지…….

여신은 연신 이해되지 않는다고 말했으나 치호는 그저 피식 웃으며 그런 여신에게 말했다.

"뭘 이런 걸 가지고 그러나. 이곳은 필드잖아?"

"하, 하지만……."

여신은 무언가 말을 이으려고 했지만 더 이상 말을 잇지 못했다. 하늘의 뚫린 구멍에서 내려오던 검은빛의 기둥이 사라져 가고 있었기 때문이다.

"치호! 빛의 기둥이 사라지고 있어!"

대진이 다급하게 치호에게 말했고, 치호 역시 고개를 돌려 다시금 감시자의 사체가 있는 곳을 뚫어지게 바라보았다. 작은 움직임 하나도 놓치지 않고 반응하려는 것이다.

그 순간 치호와 일행의 눈앞에 검은 실루엣 하나가 보이기 시작했다. 육체의 형태는 기존 감시자의 모습과 같았으나 피부는 검게 물들어 있고 검은 피부 위로 황금색으로 보이는 수없이 많은 문양이 새겨져 있었다.

일견 과거 악몽들의 몸에 빽빽이 새겨져 있는 문신과 닮은 듯 보였으나 문양의 구성과 모양은 전혀 달라 그것과는 비교할 수가 없었다.

더욱이 황금색으로 새겨진 문양들은 시간이 지날수록 점

점 빛을 발하며 밝게 빛났다.

"이 무슨……!"

치호는 녀석이 모습을 드러낸 순간 녀석의 가진 힘을 느낄 수 있었다. 다른 일행의 경우엔 그저 막연하게 느껴질지 몰라도 치호만큼은 녀석에게서 느껴지는 힘의 크기를 알 수 있었다.

녀석에게 느껴지는 힘을 확인한 치호는 잠시 멍해졌지만 그런 상념을 깨우는 녀석의 목소리가 울리기 시작했다.

"후우, 반갑구나."

모습을 드러낸 녀석의 단 한마디.

하지만 그 목소리에 담긴 힘은 치호를 제외한 일행에게는 무시할 수 없을 만큼 큰 영향을 끼치고 있었다. 아직 녀석을 제대로 상대한 것도 아닌데 대진을 비롯한 메이, 미소는 너나 할 것 없이 다리가 후들거려 제대로 서 있기도 힘든 모습이다.

녀석은 일행을 아무런 감정 없이 바라보았을 뿐인데, 일행은 그 시선조차 견디기 힘든 것처럼 보였다.

"흐음, 재미있는 녀석들이로구나. 내 앞에서 고개를 들고 서 있을 수 있다니 흥미롭군."

감시자의 모습을 한 녀석은 치호와 여신은 안중에도 없다는 듯이 그저 대진과 일행에게만 관심이 쏠려 있었다.

"확실히 여신이 선택한… 아니지. 치호 네가 선택한 테스터라서 그런가, 확실히 조금 다르긴 하군. 그래도 테스터는 테스터일 뿐이지."

잠시 일행을 바라보던 녀석은 이내 일행의 모든 본질을 꿰뚫었다는 듯 흥미를 잃은 듯 보였다. 그리고는 치호를 보며 다시금 말을 건넸다.

"드디어 널 만나게 되는구나. 지금의 이름은 황치호라고 했던가? 아니, 네게 있어서 이름 따위는 의미가 없겠군."

녀석은 치호를 보며 마치 오래된 인연을 만난 것처럼 살갑게 말했고, 치호는 도통 녀석의 태도가 이해되지 않았다. 딱히 녀석에게 적의가 느껴지지 않았기 때문이다.

"너… 네가 이곳 필드를 찢어놓은 놈이냐?"

"필드를 찢어놔? 아, 여길 말하는 거냐?"

치호의 물음에 녀석이 전혀 관심 없다는 듯 무심히 손가락으로 땅을 가리키며 말하자 치호는 그저 고개를 끄덕였다. 그러자 녀석도 순순히 고개를 끄덕이며 말했다.

"흠, 내가 갈라놓긴 했다만, 그게 중요한가?"

녀석은 치호가 그런 걸 묻는 이유를 모르겠다는 듯 오히려 반문했고, 그런 녀석의 태도에 치호는 입술을 깨물었다.

녀석에게 있어서 이곳 필드를 찢어놓은 것은 별로 큰 의미가 없는 일이란 것을 느꼈기 때문이다. 놈에게 있어 그 순간의 변덕이었을지도 모를 일이고 말 그대로 편의상 갈라놓았을 수도 있었다. 그만큼 필드를 갈가리 찢어놓은 것은 놈에게 말할 거리도 안 되는 일이었다.

"미치겠군."

치호는 녀석과 말하는 도중에도 살기를 느끼지 못했고 적의도 느낄 수 없었다. 그렇지만 치호는 녀석을 향한 이유 모를 적의가 끓어오르기 시작했다.

그럼에도 치호는 녀석에게 달려 나가 파멸의 조각을 휘두를 수 없었다. 녀석이 가진 힘을 느꼈기에 함부로 나서지 못하고 기회만 기다릴 뿐이다.

그때 여신이 치호 대신 한 발짝 앞으로 나서며 녀석에게 말했다.

"어떻게… 어떻게 이 세상에 네가 직접 나타날 수 있는 거지? 나는 네게 육체를 주지 않았는데 어째서……."

여신의 물음에 놈은 고개를 돌려 여신을 보며 말했다. 이번에도 마찬가지로 감정 따위는 보이지 않는 말투였다.

"감시자들에게 내 힘을 나누어 주면서 이런 일을 대비해 두었지. 감시자들이 누군가에 의해서 모두 처단되면 자연스레 내가 알 수 있도록 말이야. 일회용 육체이긴 하지만 이 정도면 쓸 만한 편이지. 하하하하!"

"그, 그런……."

"더군다나 지금 이 순간만을 기다려 온 내가 직접 모습을 보이는 것이 무에 그리 큰일이라고 그러느냐?"

녀석의 말에 치호의 미간이 꿈틀거렸다. 기다려 온 시간이란 부분이 마음에 걸린 것이다.

"기다려 온 시간?"

치호가 재차 녀석을 향해 묻자 놈은 오히려 치호가 이상하다는 듯한 눈으로 바라보았다. 잠시 녀석과 눈을 마주친 치호는 녀석의 말을 기다렸고, 녀석은 그런 치호를 보며 허탈하다는 듯 말을 하기 시작했다.

"허, 정녕 아무것도 모르는 모양이군. 조금은 실망이야."

"몰라? 내가 뭘 모른다는 것이지? 난 널 처음 보는데… 그리고 기다려 온 시간이라니… 똑바로 말해!"

"조급해하지 마라, 치호여."

녀석은 급할 것 없다는 듯 치호를 진정시켰지만 치호는 그럴 수 없었다. 아까부터 이상하리만치 녀석에게 적의가 끓어오르고 있었기 때문이다.

"으흠, 일단은 주변을 정리해야겠군. 우리의 대화를 다른 이들이 들어서 좋을 것 없지."

말을 마친 녀석의 손끝이 빛나기 시작했고, 그 순간 치호의 온몸에 소름이 돋았다. 저 손끝에서 느껴지는 힘에 저절로 긴장한 것이다.

"모두 피해!"

그 빛나는 손끝이 일행에게 향했을 때 치호가 목청껏 외쳤다. 하지만 일행은 아까부터 계속된 녀석의 존재감에 한발 늦게 반응했다.

일행의 반응이 아주 조금 늦은 것뿐이었으나 녀석의 손끝을 떠난 빛 덩어리는 일행을 감싸 안고 굉음을 토해내기 시작했다.

콰콰콰앙!

"……."

치호는 눈앞에서 벌어지는 일을 보고 그저 멍하니 바라보고 있을 수밖에 없었다. 너무나 순식간에 일어난 일이라 어떻게 반응하고 말고 할 일이 없었기 때문이다.

콰콰쾅!

빛줄기가 굉음을 토해냄과 동시에 일어나는 자욱한 흙먼지가 치호의 시야를 방해했다. 하지만 치호는 눈을 부릅뜨고 일행이 있던 곳을 향해 시선을 돌리지 못했다.

순식간에 일행의 기척이 사라졌기 때문이다. 더욱이 〈광인의 영역 선포〉로도 일행의 기척을 발견할 수 없었기에 치호는 그저 멍하니 일행이 있던 자리를 바라볼 뿐이었다.

"그, 그럴 리가……."

흙먼지가 점차 가라앉고 시야가 드러나기 시작했다. 하지만 그럼에도 불구하고 일행의 모습은 보이지 않았다. 그저 일행이 있던 자리에 거대한 운석이 떨어진 것처럼 거대한 구덩이가 파여 있을 뿐이다.

치호는 믿을 수 없는 상황에 제대로 말을 잇지 못했다. 저런 구덩이를 만들 만한 힘이 일행을 덮쳤다면 그들이 살아 있을 것 같지 않았기 때문이다. 더욱이 일행의 기척이 느껴지지 않는 지금 결과는 나온 것이나 같았다.

"으흠, 이제 정리가 좀 된 것 같군."

흙먼지가 완전히 가라앉자 녀석이 한 발짝 치호의 앞으로 나서며 말했다.

하지만 치호는 그런 녀석의 말이 귀에 들어오지 않았다. 그간 함께해 온 동료들의 어처구니없는 죽음에 어떻게 반응해야 할지 몰랐기 때문이다.

치호의 그런 모습을 본 녀석이 어처구니없다는 듯이 말을 이었다.

"그깟 테스터들 때문에 그런 표정이라니… 이해할 수가 없군."

"그깟… 테스터?"

"네가 인간들과 너무 오래 섞여 있더니 감을 잊은 모양이군. 그렇지 않은가, 치호?"

치호는 녀석의 말에 점점 가슴속의 분노가 들끓기 시작했다. 녀석이 뻔뻔하게 하는 말을 듣고 있자니 치호의 감정들이 일렁였다.

그런 치호의 상태를 살피던 녀석은 흥미롭다는 듯 이야기를 계속했다.

"호오, 감정이라? 아직도 그런 걸 유지하고 있다니 과연 나와는 다르군. 역시 널 기다려 온 보람이 있어."

녀석은 영문도 모를 소리를 계속해서 지껄였고, 치호는 녀석의 말에 대꾸도 하지 않았다. 녀석과 말을 섞고 있자면 분노 때문에 앞뒤 가리지 않고 녀석에게 달려들 것 같았기 때문이다. 하지만 녀석은 이성을 잃고 상대할 만큼 약자가 아니었다. 그렇기에 치호는 최대한 자신의 감정을 절제하려는 것이다.

"후우……."

치호는 마음을 가라앉히기 위해 심호흡을 했지만 별로 효과가 없었다. 일행과 처음 만난 것부터 시작해 지금까지의 일들이 머릿속에 한 장면씩 빠르게 스쳐 지나갔기 때문이다.

그때 그런 상념을 깨는 녀석의 목소리가 들려왔다.

"이제 쓸데없는 녀석들은 사라졌으니 너와 나만 남았군. 시간이 얼마 없으니 어서 이리로 와라. 이 격 떨어지는 육체에 오래 있고 싶지 않군."

녀석은 마치 치호가 육체를 당연히 넘겨야 하는 듯이 말했고, 치호는 녀석에게 나지막하게 말했다.

"꼭… 이래야만 했나?"

"응? 무엇을 말인가?"

"녀석들을 꼭 없애야만 했냐고 물었다."

치호가 일행이 있던 곳을 손으로 가리키며 말하자 녀석은 잠시 생각하는 듯하더니 말했다.

"격이라는 게 있는 것이니까. 너와 내가 있는 자리에 격 낮은 것들이 함께한다는 것은 있을 수 없는 일이지."

"격? 단지 그 이유 때문인가?"

"그래, 굳이 살려둘 필요도 없지 않은가, 치호여."

치호는 녀석의 말에 이를 악물었다. 이가 부서질 것 같은 소리를 내었지만, 치호는 그런 것 따위는 개의치 않았다.

"굳이 살려둘 필요도 없다……. 그 말, 내가 너에게 똑같이 전해주지."

"불합리한 선택을 하는군. 역시 인간들 사이에서 너무 오래 있었어."

"그래, 그렇겠지."

녀석은 치호의 말에 불만을 터뜨리듯 한숨 쉬며 말했지만 위기감 따위는 없었다. 그저 귀찮은 일을 하게 생겼다는 듯한 태도였다.

하지만 치호는 더 이상 녀석의 말이 귀에 들어오지 않았다. 결국 감정을 추스르는 데 실패한 듯 치호의 주변으로 검은 힘이 마치 물결처럼 퍼져 나가며 공간을 장악하기 시작했다. 언제 어느 때라도 녀석을 향해 튀어나갈 만반의 준비를 끝내놓은 것이다.

치호가 파멸의 조각을 움켜쥐고 녀석을 향해 튀어나가려는 그때 메시지 창에 새로운 메시지가 떠오르기 시작했다.

제8장

강림 Ⅱ

[스킬 '궁극의 방어'의 지정인에 대한 '절대 방어' 효과가 모두 끝나 강제 해제됩니다.]

치호는 녀석이 하는 말을 듣고 저 건방진 얼굴을 짓뭉개고 싶어 당장에라도 뛰어나가고 싶었지만 떠오른 메시지가 치호의 발목을 잡았다.

'지정인에 대한 스킬 효과가… 해제된다고?'

치호는 메시지를 본 순간 퍼뜩 떠오르는 것이 있었다. 녀석이 등장하기 전 일행에게 먼저 걸어둔 자신의 오리지널 스킬이자 경험 변환 스킬인 〈궁극의 방어〉다.

'그게 지금 해제되었다고? 그렇다면……'

메시지에 관한 것을 떠올렸지만 그 생각은 오래가지 못했다. 다시 한번 메시지가 떠오름과 동시에 익숙한 기척이 느껴진 것이다.

[스킬 효과가 완전히 해제되어 지정인들을 다시 소환합니다.]

"어? 이게 뭐야?"

"주변이 왜 이러죠?"

"대체 이게 무슨……? 치호 아저씨, 이게 무슨 일이에요?"

새로운 메시지와 함께 여신을 비롯한 일행이 치호를 부르는 목소리가 들렸다.

다들 어리둥절한 표정으로 변화한 풍경에 관해 한 마디씩 하는 것이 평상시 모습 그대로였다.

"하아!"

치호는 일행의 모습을 보며 안도의 한숨을 내쉬었다. 완전히 죽은 줄로만 알았던 일행이 살아 있음에 긴장이 풀린 것이다.

일행 역시 상황이 어떻게 돌아가는지 이해를 못 하는 듯했지만, 여신만은 어떻게 된 것인지 눈치챈 듯 이야기하기 시작했다.

"치호 님의 스킬이 우리를 살린 것입니다. 감당할 수 없는 힘이 덮치자 우리를 공간의 틈으로 잠시 이동시킨 거예요."

"그런 게 가능합니까?"

"맙소사, 이건 방어의 수준이 아니지 않나요?"

일행은 여신의 말에 동시에 질문을 던졌지만, 여신은 차분히 치호와 녀석을 바라보며 말했다.

"격이 높은 자의 스킬은 반드시 이행되어야 하니까요. 그것이 치호 님의 오리지널이라면… 방어를 한다고 기술되어 있으면 무슨 일이 있어도 방어가 되어야 하는 겁니다."

"허, 이게 무슨……."

여신의 말을 들어보면 격이 높은 자가 가진 오리지널 스킬은 반드시 효과를 나타내야 한다는 것이다. 즉, 녀석이 치호보다 격이 높았다면 스킬 효과가 발동되어도 방어가 뚫렸겠지만 서로 같은 격을 가졌기에 치호의 스킬이 가진 효과 〈절대 방어〉가 제대로 된 효과를 낸 것이다.

그 때문에 공격을 방어하기 위해 일행을 잠시 공간의 틈으로 강제 피신시켰고, 결국 치호는 일행의 기척을 감지해 낼 수 없던 것이다.

하지만 치호는 이유야 어찌 되었든 상관없었다. 지금 이 순간 대진을 비롯한 메이, 미소가 살아 있다는 것이 중요했다.

"후우, 격? 격이 워낙 높으셔서 내 친구들이 아직 살아 있는 것 같은데? 그 망할 놈의 격도 필요 없는 모양이야?"

치호는 녀석을 보고 한쪽 입꼬리를 올리며 도발하듯 말했다.

녀석은 격 운운하며 일행이 죽었다는 것을 전제로 행동했지만 일행은 살아 있었다.

그런 치호의 말에 녀석은 별것 아니라는 듯 말했다.

"흐음, 운이 좋아 살아 있던 모양이군. 하지만 두 번은 없지."

"누구 마음대로? 여신, 일행을 부탁한다! 아보크의 싸움터!"

녀석은 다시 한번 손에 힘을 모으기 시작했지만 치호가 더 빨랐다.

치호의 〈아보크의 싸움터〉가 보다 먼저 발동된 것이다.

[아보크의 싸움터가 발동되었습니다. 모든 적을 격살하기 전까지 해제되지 않습니다.]

메시지가 떠오름과 동시에 〈배틀 필드〉와 같은 투명한 막이 녀석과 치호를 중심으로 펼쳐지기 시작하며 일행을 멀리 밀어내었다.

〈아보크의 싸움터〉의 영역에 단 두 인물만이 남겨진 것이다.

콰아아앙!

〈아보크의 싸움터〉가 생성되기 무섭게 폭발하는 듯한 굉음이 들렸다.

녀석이 그사이 모은 힘을 일행이 있던 자리에 쏘아낸 것이지만 치호의 〈아보크의 싸움터〉가 생성해 낸 투명한 막은 녀석의 공격을 완벽하게 방어했다.

"이건… 낯익은 기술이군."

녀석은 자신의 공격을 막아낸 투명한 막을 보며 미간을 찌푸렸다.

녀석이 등장하고 나서 처음 있는 표정 변화였다. 그런 걸 놓칠 치호가 아니었기에 재빨리 말했다.

"이 기술, 기억나는 모양이야? 세크의 일행 중 하나가 가진 기술이라고 하던데 말이지."

"그런 하찮은 존재의 기술을 몸에 입고 있다니… 부끄럽기 짝이 없구나, 치호여."

"부끄러워?"

녀석은 미간을 찌푸리면서도 불쾌하다는 듯 말했고, 치호는 오히려 입꼬리를 말아 올렸다. 녀석이 반응했다는 것 자체가 고무적이었기 때문이다.

"네가 더 부끄럽겠지. 네가 하찮다고 느끼는 녀석들에게 목숨을 잃을 뻔했으니까. 안 그래?"

치호는 녀석을 향해 도발했고, 지금껏 꿈쩍도 하지 않던 녀석이 세크에 관한 이야기가 나오자 격한 반응이 나오기 시작했다. 녀석 또한 세크를 기억하고 있는 것이다.

"그래도 그들은 사라졌고 나는 아직 존재하지. 그 사실만은 변하지 않는다, 치호여."

"호오, 그래? 하지만 그것도 오늘이 마지막일걸? 넌 네가 그렇게 하찮다고 말하는 녀석들이 가진 힘에 의해 죽게 될 테니까. 투사의 발걸음! 세뮬라의 마력검!"

치호는 더 이상 녀석과 입씨름할 필요를 느끼지 못했다. 〈아보크의 싸움터〉가 완벽하게 녀석의 공격을 막아낼 수 있다고 판단한 이상 남은 것은 녀석의 존재를 지워 버리는 일밖에 남지 않았다.

〈투사의 발걸음〉은 검은 불길을 피워내기 시작했고, 치호의 검은 힘은 넘실거리는 물결처럼 주변의 공간을 장악해 나갔다.

치호는 처음부터 전력을 다할 생각이었기에 자신의 검은 힘을 아낌없이 퍼부었다.

녀석이 지금까지 보여준 힘은 아무리 치호라고 하더라도 무시할 수 있는 게 아니었기에 적당히 힘을 감추고 상대하다가 오히려 당할 수 있다고 판단해 처음부터 전력을 다한 것이다.

전력을 다해 검은빛살처럼 움직이는 치호의 움직임은 〈투사의 발걸음〉이 일으킨 검은 불길이 따라오기도 전에 녀석의 앞에 모습을 드러냈다.

녀석을 두 동강 낼 기세로 휘두른 파멸의 조각에서 새하얀 불똥이 튀기 시작했다.

콰드드득!

파멸의 조각에서 불똥이 튀었지만 치호가 기대한 손끝의 감각은 느껴지지 않았다. 치호가 녀석의 허를 찔러 공격했지만 생각 이상으로 녀석의 방어력이 높았던 것이다. 더욱이 녀석은 치호의 공격을 받았음에도 불구하고 당황한 기색조차 내비치지 않고 그저 치호의 공격을 물끄러미 바라보고 있을 뿐이다.

"으흠, 과거의 유산이 아직도 전해지고 있었군."

"제길."

"이걸 믿고 이런 짓을 하는 것이냐?"

녀석은 치호의 손에 들린 파멸의 조각을 바라보더니 그것을 알아보는 듯 치호에게 말했다.

하지만 치호는 녀석의 말을 받을 생각은 하지 않고 재차 공격하기 시작했다.

까강!

하지만 파멸의 조각은 녀석의 두꺼운 가죽에 막혀 버렸고, 치호는 그저 이를 악물었다. 녀석의 방어가 상상 이상으로 두꺼워 뚫어내기가 쉽지 않을 것 같았다.

'제길, 이러면 곤란한데……'

치호는 녀석의 전력을 가늠할 수 없기에 빠른 시간에 녀석을 처리하려고 했으나 장기전이 될 것 같았다. 그런 전투는 마력과 체력이 한정되어 있는 자신에게 불리할 것이 뻔하기 때문에 치호는 조급해지기 시작했다.

하지만 사실이 그렇다고 해서 공격을 멈출 수도 없는 노릇, 치호는 숨 쉴 틈도 주지 않고 계속해서 공격을 이어나 갔다.

까강! 콰드드득!

파멸의 조각에서 연신 불꽃이 튀고 공기를 가르는 섬뜩한 소리가 〈아보크의 싸움터〉 안을 가득 채웠지만 치호가 원하는 성과는 나타나지 않았다.

그저 치호의 〈투사의 발걸음〉이 만든 검은 불길만이 세력을 넓히며 커질 뿐이다.

하지만 그런 치호의 공격이 드디어 무언가 변화를 불러일으켰는지 치호의 시야에 희망이 보이기 시작했다.

그 희망은 메시지 창으로부터 시작되었다.

[내구도 1을 손상시켰습니다.]

'이건……!'

치호의 메시지 창에 내구도를 손상시켰다는 메시지가 떠올랐다. 즉, 자신이 가진 〈장인의 자존심〉 스킬이 녀석에게 통하고 있다는 뜻이다.

이전에 〈여신의 가호〉 없이 감시자를 상대할 때처럼 전혀 공격이 통하지 않는 것이 아니라 분명 공격을 하면 통한다!

녀석에게 외갑, 즉 가죽을 손상시키는 확률은 낮지만 가능은 하다는 뜻이다. 그렇다면 공격 횟수를 늘리면 언젠가는 녀석의 방어를 뚫고 공격을 성공시킬 수 있다.

'좋아!'

치호는 떠오른 메시지를 보며 전투에 희망을 가졌지만 녀석 역시 그것을 눈치챘는지 묵묵히 치호의 공격을 받아내다 변화된 모습을 나타내기 시작했다.

"으흠, 과연 넌 자격이 있다. 하지만 내게 이렇게 적대하는 이유를 아직 찾을 수 없군."

녀석은 자신에게 공격을 감행하는 치호를 여전히 이해할 수 없다는 듯한 모습이다. 하지만 치호는 녀석이 무슨 말을 하던 관심이 없었다.

녀석을 쓰러뜨릴 수 있는 희망이 보인 이상 공격만이 답이었기 때문이다.

　"크합!"

　카카칵!

[내구도 1을 손상시켰습니다.]

　치호는 더욱 빠르게 공격을 이어나갔고, 녀석의 외갑을 손상시켰다는 메시지가 하나둘 쌓이기 시작했다.

　하지만 외갑을 뚫는 일은 아직 요원한 일인지 녀석은 꿈쩍을 하지 않고 그저 치호를 관찰하고 생각을 하는 모습이었다.

　"으흠, 인간 세상에서 너무 오래 있어서 그런 것인가, 아니면 미련이 남았기 때문인가? 납득을 할 수 없군."

　녀석은 치호의 공격을 받아내면서도 끊임없이 중얼거리며 생각했다. 전투를 하고 있는 이의 모습이라고는 상상할 수 없는 모습이었으나 녀석은 치호의 공격을 받아내는 것보다 치호에 관한 궁금증을 해결하는 게 중요한 것처럼 느껴졌다.

　그러기를 잠시, 녀석은 무언가 결론을 내렸다는 듯 고개를 끄덕였다.

"너와 관련된 것을 처리해 보면 알겠지."

"뭐?"

묵묵히 치호의 공격을 받아내기만 하던 녀석이 성큼성큼 움직이기 시작했다. 치호는 그런 녀석을 계속해서 공격했지만 녀석의 발걸음을 멈출 수는 없었다.

카카카칵!

"망할! 언제 박살 나는 거야!"

치호는 녀석의 움직임에 뭔가 마음이 조급해지기 시작했다. 녀석이 향하는 방향에 일행이 있기 때문이었다. 물론 〈아보크의 싸움터〉가 만들어낸 투명한 막이 일행에게 가는 방향을 가로막고 있지만, 왠지 모르게 치호의 감각이 위험하다는 경종을 울리고 있었다.

쿠웅, 쿠웅!

녀석은 무거운 발걸음을 옮기며 치호 일행이 있는 장소까지 근접했고, 〈아보크의 싸움터〉 밖에 있는 일행 역시 불안감을 느끼며 서로를 바라보았다.

"왜… 이리로 오는 거지?"

"글쎄… 요?"

"불안한데……. 일단 피하는 게 좋겠어요."

대진을 비롯한 일행 역시 녀석이 점차 다가오자 불안해지기 시작한 것이다. 하지만 여신만큼은 고개를 저었다. 치호가 사용한 〈아보크의 싸움터〉가 어떤 기술인지 알고 있기에 자신 있는 말투였다.

"그럴 필요 없습니다. 아무리 녀석이라도 아보크가 만들어낸 기술을 깰 순 없어요. 더욱이 그들보다 격이 훨씬 높은 치호 님께서 발현하신 아보크의 기술이라면 안심하셔도 됩니다."

여신이 자신 있게 말했지만 점점 녀석이 지근거리로 다가오자 대진을 비롯한 일행은 마음 놓고 있을 수 없었다. 이곳은 필드다.

"제길, 일단 피하고 보자고. 괜히 넋 놓고 있을 순 없지."

"그래요! 여긴 필드잖아요! 잔소리 말고 피해요!"

"여신님도 잔소리 말고 따라와요!"

아직 녀석의 공격이 시작된 것도 아니지만 일행은 재빨리 거리를 벌리기 시작했고, 전투를 진행하고 있는 치호는 그 모습을 보며 안심했다.

치호 역시 〈아보크의 싸움터〉를 믿고 있긴 하지만 녀석이 하는 행동은 치호를 꽤나 불안하게 만들었다.

'좋아. 잘했다, 대진. 방심하면 안 되지. 조금만 더… 녀석에게 공격하면……!'

카캉!

[내구도 1을 손상시켰습니다.]

치호는 다시 한번 녀석에게 공격을 성공시켰고, 외갑을 손상시켰다는 메시지를 얻어낼 수 있었다.

지금은 녀석이 어디에 신경을 쓰고 있는 것인지 제대로 방어를 하지 않고 있기에 내구도를 확실히 손상시킬 수 있었다.

"무슨 생각인지 모르겠다만 그러다가 한 방에 죽는다?"

치호는 녀석을 도발하듯 말했지만 녀석은 대꾸도 없이 무언가에 집중하는 모습이다. 그러길 잠시, 〈아보크의 싸움터〉가 만들어낸 투명한 막 앞에 서 있던 녀석이 힘을 모으기 시작했다.

"일단 치호 너와 관련된 것들부터 제거하는 게 좋겠군."

"뭐? 육체가 없다고 하더니… 상황 파악이 제대로 안 되는 모양이군. 여기가 아보크의 싸움터 안이라는 것을 잊었나? 네 공격은 이 싸움터를 벗어날 수 없어!"

"흐음, 과연 그럴까?"

치호의 말에도 녀석은 전혀 상관 없다는 듯이 손끝에 힘을 모으기 시작했고, 그 힘은 처음 일행을 공격할 때보다 더 밝게 빛나기 시작했다.

그리고 그 손끝의 빛이 일정 수준 이상 모였을 때 녀석이

다시 입을 떼어 말하기 시작했다.

"아보크라… 아주 오래전의 기억이 떠오르는군. 그때는 다소 당황한 기억이 있지."

"이제야 기억이 나는가 보지?"

치호는 녀석이 힘을 모을 수 없도록 계속해서 공격을 감행했고, 순조롭게 손상 메시지를 획득해 나갔다. 녀석이 방어를 전혀 하지 않는 것이나 마찬가지였기에 미친 듯이 공격해 나간 것이다.

하지만 녀석은 치호의 공격 따위는 아랑곳하지 않고 계속 힘을 모았고, 만족스럽다는 듯 말을 이었다.

"나를 가로막는 것이 인간이 만들어냈다는 것 자체를 용납할 수 없었으니까."

"지금도 마찬가지일걸?"

까강!

[내구도 1을 손상시켰습니다.]

치호는 말을 하면서도 계속 공격을 감행했다. 녀석이 그런 치호에게 말했다.

"오해한 모양이군. 그때도 그랬지만 나를 완벽하게 가로막는 것은 존재한 적 없다. 잠시 혼란스러웠을 뿐이지."

"뭐?"

"그 오랜 시간 동안 내가 이런 것 따위 파악하지 못했을 것 같나, 치호? 진정 그렇게 생각했다면 실망이군."

녀석의 말이 끝나자 치호의 가슴속에 있던 막연한 불안감이 실체화되기 시작했다.

녀석을 너무 안일하게 본 것이다.

"배틀 필드라는 이름으로 괜히 나의 힘으로 편입시킨 것이 아니지. 이 힘을 연구하기 위한 내 임시방편일 뿐이었지. 이럴 때를 위해서 말이야."

녀석은 말이 끝나자마자 빛나는 손을 〈아보크의 싸움터〉의 투명한 벽에 가져다 대었다.

투그와 동시에 투명한 벽이 미친 듯이 진동하기 시작했다.

"우리 앞을 가로막는 것은 있을 수 없다. 치호여, 그렇기에 격이 있는 것이다."

"그만둬!"

"일단 너와 관련된 모든 것을 지우고 대화를 해야겠군. 그게 더 빠르겠어."

치호는 〈아보크의 싸움터〉의 투명한 벽이 미친 듯이 진동하기 시작하자 재빨리 녀석에게 달려가 공격을 감행했지만 이번에는 달랐다.

녀석이 반격을 가한 것이다.

"커헉!"

콰자자작!

치호는 녀석이 다른 한쪽 손으로 일으킨 알 수 없는 힘의 폭풍에 그대로 휘말려 밀려났고, 바닥에는 치호가 밀리지 않으려 안간힘을 쓴 흔적이 길게 나 있다.

"쿨럭!"

단 한 번의 공격에 치호는 피가 섞인 기침을 해야 했다. 지금까지 녀석이 반격을 하지 않았기에 너무 무방비하게 녀석에 달려든 탓이었다.

하지만 녀석은 치호가 몸을 추스르는 사이 준비가 끝났는지 치호에게 말했다.

"봐라, 치호여. 네가 믿고 어설프게 믿음을 가지고 있는 힘들이 얼마나 보잘것없는지."

동시에 녀석의 이마에서 힘줄이 솟아나는 듯했고, 그 순간 치호는 자신의 눈을 믿을 수 없었다.

〈아보크의 싸움터〉의 투명한 외벽이 녀석의 손끝에서부터 빠르게 조각나 부서지고 있었기 때문이다.

그와 동시에 치호의 메시지 창에 떠오르는 메시지 하나.

[존재할 수 없는 힘에 의해 아보크의 싸움터가 강제로 해제

됩니다.]

[아보크의 싸움터로 사용된 마나를 회수합니다.]

"마, 말도 안 돼."

치호는 이 어처구니없는 광경에 넋이 나간 듯 보였으나 녀석은 그런 치호와 관계없이 다음 행동을 해 나갈 뿐이다.

"으흠, 저쪽이군. 꽤 멀리도 갔어."

〈아보크의 싸움터〉가 깨지자마자 녀석은 치호의 일행이 떠난 방향을 주시했다. 녀석의 말처럼 목표는 대진을 비롯한 미소, 메이인 것 같았다.

잠시 일행이 사라진 방향을 응시하던 녀석이 천천히 손을 하늘로 치켜들었다.

그와 동시에 녀석의 손끝에서 시작된 세 가닥의 빛의 구슬이 일행이 사라진 방향으로 빠르게 사라졌고, 그 빛의 구슬이 보이지 않을 때쯤 굉음이 들렸다.

콰아아앙!

"어……?"

치호는 알 수 있었다. 지금 저 굉음의 이유를, 그리고 가볍게 튀어나간 저 빛의 구슬이 가지고 있는 힘의 크기를. 그렇기 때문에 치호는 목에서 멍청한 목소리가 나왔다.

지금 일어나고 있는 상황이 도무지 현실 같지 않았기 때문이다.

자신이 가진 기술이 쉽게 깨어지고 보호하려던 일행이 저 구슬이 가진 힘을 이겨 낼 수 없다고 판단했기 때문이다.

그렇다면 일행에게 죽음이 선고된 것과도 같았다. 벌써 두 번째다.

처음에는 예상치 못한 공격이었다고 해도 이번에는 달랐다. 자신이 막아냈어야 함에도 불구하고 녀석을 막지 못해 벌어진 일이다.

하지만 그때 치호의 귓가로 목소리가 들렸다

―치호, 우린 아직 무사해!

"어?"

―아저씨, 정신 똑바로 차려요! 우린 무사해요! 그러니까 우리 신경 쓰지 말고 녀석을… 녀석을 처리해 주세요!

―저도 무사해요! 그러니까… 녀석을… 이런 지옥을 만든 놈을 꼭 처리해 주세요!

치호는 일순 환청이 들린 줄 알았으나 일행의 목소리가 연속적으로 들리자 확신할 수 있었다.

일행이 살아 있다는 것을.

치호의 초점이 풀려 있던 눈빛이 다시 한번 불타오르기 시작했고, 떨어뜨릴 듯 힘없이 쥐고 있던 파멸의 조각을 다시 한번 고쳐 잡았다.

"너 이 새끼… 너만은 반드시!"

치호는 더 이상 말을 삼갔다. 생각할 시간도 아까워 녀석을 향해 튀어나갔다.

제9장
최종장 Ⅰ

치호가 녀석을 향해 튀어나간 순간 〈아보크의 싸움터〉 바깥쪽에 있던 일행 역시 바빠지기 시작했다. 여신의 상태가 급변하기 시작했기 때문이다.

"제길! 포션이 들질 않아! 대체 이게 어떻게 된 거야?"

"아저씨, 침착하세요! 대진 아저씨가 그러면 어떻게 해요!"

"후우, 미안하다……."

대진이 급작스러운 사태에 당황하자 메이가 그런 대진을 진정시켰고, 미소는 여신을 품에 안은 채 살피고 있었다. 하지만 여신의 상태는 여전했다.

"쿨럭!"

여신이 미소의 품에 안겨 힘겹게 기침을 토해냈다. 그 안에 검붉은 피가 섞여 있는 것으로 보아 상태가 심각한 것 같았다.

이상한 점은 몸 상태가 그러함에도 여신의 표정이 편안하다는 것이다.

"대체… 왜……."

미소는 그런 여신을 품에 안고 이해할 수 없다는 듯한 표정을 지을 뿐 다른 무언가를 할 수 있는 것이 없었다. 미소가 회복 스킬을 가진 것도 아니고 그런 기술을 가지고 있다 하더라도 만병통치약이나 다름없는 포션조차 무용지물인 이 상황에서는 손쓸 방도가 없었다.

더욱이 일행의 주변에는 처음 공격을 당했을 때보다 더욱 큰 구덩이가 파여 있는 것은 물론이고 주변까지 모조리 황폐화되어 있었다.

녀석이 치호 일행을 향해 쏘아낸 공격이 정확하게 직격한 것이다. 그럼에도 대진을 비롯한 일행은 멀쩡했고 오로지 여신이 가진 생명의 등불만 꺼져갔다.

"대체 왜 그런 거요? 당신은 우리 같은 테스터 따위와는 상관없잖아. 대체 왜 그런……."

대진은 녀석의 공격이 일행을 향해 날아오던 바로 그 순간을 떠올렸다. 녀석의 공격은 보고도 피할 수 없을 정도로 빠르고 강했다. 그렇기에 순간 죽음을 직감했는데 그 순간 여신이 나선 것이다.

여신은 자신의 몸을 날려 일행에게 직격하는 녀석의 공격을 막아냈고, 그 결과 지금 여신이 피를 토하며 천천히 쓰러져 가는 것이다.

대진은 그런 여신의 곁으로 다가와 이해할 수 없는 그 행동에 관해 물은 것이고, 여신은 초췌해진 기색으로 그런 대진에게 옅게 미소 지으며 말했다.

"당신들이… 유일한 희망이니까요."

"희망? 우리가 무슨……."

대진은 여신의 말을 도통 이해할 수 없었다. 대진이나 메이, 미소는 지금 이 상황에서 짐 덩어리나 마찬가지였다. 강림한 녀석을 보았을 때 다리조차 제대로 움직이지 않아 그 앞에 서 있는 것이 고작이었고, 녀석의 공격 한 번에 맥없이 목숨을 잃을 뻔했다.

녀석에게는 일행이 가진 실력으로는 대적할 수 없는 힘의 차이가 있는 것을 알고 있기에 여신의 말을 이해할 수 없었다.

하지만 여신은 그런 대진의 표정을 다 알고 있다는 듯 푸근한 미소를 지으며 힘겹게 말을 이었다.

"여러분이 있기에… 치호 님이 녀석과 싸우는 것입니다. 만약 여러분이 없었다면… 치호 님은… 쿨럭!"

대진은 여신이 말을 끝까지 잇지 못했지만 하고 싶은 말이 무엇인지 알 수 있었다. 그렇기에 대진은 그저 입술을 깨물었고 그것은 대진뿐만 아니라 메이나 미소 역시 마찬가지였다.

"후우, 제 비천한 목숨으로 여러분의 목숨을 살릴 수 있다면 오히려 제가 감사한 일입니다. 그러니… 제발… 녀석을 쓰러뜨려 주세요. 제발……."

여신은 마지막까지 강림한 녀석을 쓰러뜨려 줄 것을 기원하며 정신을 잃었다. 여신의 맥은 점점 약해지고 있었으나 일행은 그런 여신에게 해줄 수 있는 것이 없어 그저 그녀의 곁을 지킬 뿐이다.

"제길, 치호를 믿어봐! 네가 불러온 테스터잖아! 그러면 끝까지 믿어야지! 정신 똑바로 차려!"

"일어나 봐요! 그렇게 오래 기다려 왔다면서요! 그러면 두 눈으로 직접 봐야죠! 여기서 그렇게 끝낼 거예요? 어서 일어나요!"

"치호 아저씨잖아. 치호 아저씨라면… 할 수 있어. 반드시!"

여신이 정신을 잃자 일행은 그런 여신을 다시금 깨우기 위

해 말했지만 여신은 그저 옅은 미소를 짓고 있을 뿐 묵묵부
답이고, 일행은 그저 입술을 깨물며 시선을 옮겼다. 일행의
시선이 향하고 있는 곳은 저 멀리 치호가 전투를 벌이고 있
을 장소였다.

                    *   *   *

  콰콰쾅!
  콰드드득!

  [내구도 1을 손상시켰습니다.]
  [내구도 1을 손상시켰습니다.]

  "젠장! 언제!"
  크드드득!
  "언제 박살 나는 거야, 이 망할 자식아!"
  콰콰콱!

  [내구도 1을 손상시켰습니다.]

  치호는 녀석에게 쇄도한 후 미친 듯이 녀석을 향해 공격을

날렸다. 녀석이 다시금 일행을 공격하지 못하게, 마치 폭풍처럼 공격을 몰아치는 것이다.

그런 치호의 주변에 검은 기운이 물결처럼 휘몰아치기 시작했고, 그 검은 기운은 〈투사의 발걸음〉을 만든 검은 불길과 어우러져 마치 검은 바다를 이룬 것 같은 모양새를 만들었다.

하지만 치호의 메시지 창에는 그저 외갑을 손상시켰다는 메시지만 하나둘 쌓여갈 뿐 파괴시켰다는 메시지는 단 한 번도 올라오지 않았다.

그렇기 때문에 치호는 더욱 조급해질 수밖에 없었다. 아무리 공격해도 녀석이 가진 외갑을 뚫을 수가 없었다.

더욱이 치호는 아까 전부터 자신이 가진 스킬을 모조리 운영해 가며 녀석을 공격했지만 어째서인지 녀석은 타격이라고 할 수 있을 법한 충격은 받지 않는 듯했다.

"허억, 허억!"

계속해서 공격을 몰아치는 치호 역시 점점 지쳐가는지 점점 가쁜 숨을 몰아쉬기 시작했고, 녀석은 그런 치호를 한심하다는 듯이 내려다보았다.

"여신이 네가 가진 인연의 고리를 끊는 걸 방해한 것 같군."

"…여신이?"

"그래, 내 공격을 막아낼 존재는 지금 이 필드에 너 아니면 여신밖에 없지. 그 덕에 네 인연의 고리가 완전히 끊어지는 걸 잠시 유보할 수 있었군."

치호는 공격을 감행하면서도 일행이 무사한지 궁금했는데 녀석이 직접 치호의 궁금증을 해소시켜 주었다. 치호가 입꼬리를 틀어 올리며 말했다.

"여신… 아무 쓸모 없는 줄 알았는데 빚을 하나 졌군."

"글쎄, 어차피 부질없는 행위일 뿐이지."

"부질 있는지 없는지는 끝까지 가봐야 아는 거 아니겠어?"

까드득!

치호는 녀석과 잠시 대화를 하며 숨을 고르고는 다시 한 번 녀석에게 공격을 감행했다. 파멸의 조각에서 또다시 불똥이 튀었지만, 녀석은 지금까지 그랬듯 치호의 공격을 너무나 손쉽게 막아내었다.

그러면서도 녀석은 그런 치호를 도통 이해할 수 없다는 표정으로 보며 말했다.

"아무리 인간 무리 속에서 오랜 시간 보냈다고 하지만 이해할 수가 없군. 언제까지 이런 무의미한 힘을 낭비할 것인가?"

녀석의 말에 치호는 일순 움직임이 멈추었다. 녀석이 말 속에 숨어 있는 의도를 느꼈기 때문이다. 치호는 잠시 녀석과 거리를 벌린 후 잠시 숨을 고르고 녀석에게 물었다.

"무의미하다고?"

"그래, 아직도 이해하지 못하겠나?"

치호가 반응을 보이자 녀석은 그제야 대화할 준비가 되었다고 생각한 건지 치호를 보며 말을 이었다.

"이상하지 않나, 이 상황이?"

"……."

녀석의 말에 치호는 아무런 말도 할 수 없었다. 녀석이 말한 대로 지금 이 상황을 도저히 이해할 수 없었기 때문이다.

치호는 분명 처음부터 자신이 가진 검은 힘을 전부 끌어낸 것은 물론이고 이곳에서 얻은 힘조차 아끼지 않고 사용해 녀석을 상대하고 있었다.

그 때문에 녀석과 치호 주변은 그 어떤 생명체도 용납하지 않는 검은 바다가 생성되어 있었고, 녀석과 전투하며 생기는 힘의 파동이 뭉쳐 소용돌이까지 생성되려는 상황이다.

그런 상황에서도 녀석은 단순히 외갑이 손상되었다는 메시지만 뜰 뿐 아무런 대미지가 없는 것이다.

지금까지 치호 앞에선 그 어떤 존재도 이만큼 힘을 끌어올려 싸워본 적이 없었다. 과거 지구에서 신을 표방하던 녀석을 홀로 상대할 때도, 지금은 기록조차 없는 신수를 상대할 때조차도 이런 경험은 없었다.

그 어떤 존재라도 이런 죽음의 대지 위에서 전투를 버텨낼 여력이 없는 것이다.

하지만 녀석은 달랐다. 녀석은 이런 죽음의 대지 위에서도 표정 하나 변하지 않고 서 있는 것은 물론이고 치호의 공격조차 수월하게 받아내고 있었다.

녀석이 아무리 감시자의 육체를 사용하고 있다 하더라도 이것은 불가능한 일이었다. 그런데 녀석은 그것을 가능하게 만들고 있었다.

치호 역시 이런 상황이 납득되지 않았는데 녀석이 그 부분을 정확히 짚어내 치호에게 상기시킨 것이다. 하지만 치호가 뭐라고 답을 할 수 없었다. 적에게 왜 공격이 통하지 않느냐고 묻는 것만큼 멍청한 질문이 없기 때문이다.

하지만 녀석은 그런 치호 앞으로 한 걸음씩 나서며 말을 이었다.

"이런 경험… 없는 게 아닐 텐데?"

"내가 이런 경험을 해봤다고?"

"그래, 너의 힘을 따라 하고 싶은 인간이 하나 있던 것으로 기억한다. 녀석은 이 필드에서도 잠시 있었지. 하지만 격의 차이를 결국 극복하지 못하더군. 녀석을 감시자로 쓸까 해서 잠시 지켜보긴 했다만… 인간치고는 꽤 쓸 만한 녀석이었지."

치호는 녀석의 말에 단박에 한 명의 인물이 떠올랐다.

달무르.

자신의 힘의 파편을 가져가 연구하다가 미쳐 버린 달무르.

그리고 이곳에 떨어져 자신을 두려워하며 결국 죽음을 피하지 못한 녀석이 떠오른 것이다.

그리고 녀석은 자신과 전투를 벌이다 말고 그 녀석을 언급하고 있는 것이다. 그렇다면 녀석이 하고 싶어 하는 말은 단 하나.

치호는 일순 멍한 표정으로 녀석을 바라보았다. 하지만 녀석은 별로 새삼스러울 것도 없다는 듯 치호에게 말했다.

"그래, 이제야 이해가 되나 보군."

"그렇다면… 설마… 그럴 리가… 그럴 리가 없어!"

"네가 부정한다고 해도 진리는 변하지 않는 법."

치호는 녀석이 하는 말을 도무지 믿을 수가 없었다. 더욱이 그 말을 계속 듣고 싶지도 않았다

"닥쳐!"

카카칵!

치호는 다시금 힘을 끌어올려 녀석에게 쇄도해 공격을 감행했지만 녀석은 손쉽게 치호의 파멸의 조각을 한 손에 잡아 버렸다.

그러고는 흥미롭다는 듯 치호를 내려다보며 말했다.

"그 오랜 시간 감정을 유지하고 있다는 것이 신비롭군. 이런 경험은 없는데… 아주 재미있어."

녀석은 치호를 관찰하듯 내려다보았고, 치호는 그런 녀석의 시선을 참을 수가 없었다. 하지만 녀석은 치호가 듣기 싫은 말을 이어 나갈 뿐이다.

"네가 인정하지 않아도 네 스스로 느끼고 있을 것이다."

"닥쳐! 닥치란 말이야!"

퍽퍽!

치호는 파멸의 조각이 녀석의 손에 잡히자 맨주먹으로 녀석의 복부를 가격했지만 소용없었다. 녀석은 계속해서 말을 이어갔다.

"인정해라, 치호. 우리가 하나라는 걸."

녀석의 입에서 그 말이 나온 순간 녀석을 가격하고 있던 치호의 손에서 점차 힘이 풀리기 시작했다.

인정하기 싫었던 사실을, 그리고 외면하고 싶었던 사실을 마주했기에 마치 얼빠진 사람처럼 멍하니 녀석 앞에 서 있을 수밖에 없었다.

치호는 녀석의 말을 듣고서도 도무지 현실감각이 없었다. 녀석이 하는 말을 인정하고 말고를 떠나서 어떻게 반응해야 할지 감도 잡히지 않았기 때문이다.

하지만 녀석은 그런 치호를 보며 한심하다는 듯 말을 잇기 시작했다.

"어처구니가 없군. 그런 당연한 사실조차 예상하지 못하고 있었다니. 더욱이 인간들이 만든 도구에 의지해 내 앞에 서다니… 인간 사이에서 대체 어디까지 추락한 것이냐, 치호여."

녀석은 머릿속이 혼란스러운 치호를 타박이라도 하듯 말했다. 그러자 녀석의 말에 반응하는지 치호의 눈에 초점이 돌아오기 시작했다.

"인간… 사이에서 추락?"

치호는 힘겹게 입을 떼며 말했고, 더 이상 치호에게서 녀석을 향한 날카로운 살기는 보이지 않았다. 녀석의 말을 듣고 난 후부터 녀석의 대한 살기보다는 말의 진실을 파고들기 시작한 것이다.

"그렇다, 치호여. 도무지 납득이 되질 않는군. 너는 분명 나와 같은 힘을 가지고 있음이 틀림없을 것인데 어찌 스스로의 격을 낮추고 그들과 함께하는 것을 선택한 것이냐?"

"왜 함께하는 걸 선택했냐고?"

치호는 녀석의 물음 하나하나가 가슴에 날아와 무겁게 박혔다. 그런 물음은 치호가 긴 삶을 살면서 한 번쯤 고민해 본 적 있는 의문들이었기 때문이다.

나는 인간들을 지배하기 위한 존재인가?

나는 어디서부터 기원된 존재인가?

나는 인간인가?

지구에서 치호가 죽음을 선택하기 직전까지 치호를 끊임없이 괴롭히던 수많은 의문들.

그 모든 의문은 치호 스스로의 존재에 기인했다. 더욱이 현대 인간이라면 가질 수 없는 힘을 감춘 채 살아가야 하는 치호로서는 더욱더 답을 내릴 수 없는 질문이었다.

혼자 마음 깊숙한 곳에 숨겨오던 그 질문을 녀석은 마치 거울이라도 된 것처럼 치호에게 묻고 있는 것이다.

하지만 그런 질문에 답을 할 수 있을 리 없는 치호는 오히려 녀석에게 반문했다.

"네가 진정 나와 같은 힘을 가진… 그런 종류라면……. 그렇다면 너는 답을 알고 있는 거냐?"

"답?"

"그래, 내가 어떻게 해야 할지. 어떻게 하면 죽음을 얻을 수 있는지 말이야."

"죽음? 크하하하! 아직도 그런 것에 얽매여 있다니… 역시 네겐 내가 필요하다."

녀석이 한 말은 치호가 원하는 것이 아니었다. 하지만 녀석은 무엇이 그리도 웃긴지 호쾌하게 웃음을 터뜨렸다. 얼마나 크게 웃는지 녀석의 웃음소리가 터져 나올 때마다 공기가 흔들리는 것 같은 충격이 느껴졌다. 하나 치호는 그런 것에는 개의치 않았다. 오랜 세월 가지고 있던 의문에 관한 답을 찾을 수도 있을지도 모르는 시간이었다.

"네가 필요하다니… 무슨 뜻이지?"

"이렇게 아둔하다니, 너와 내가 하나라는 의미가 무슨 뜻인지 아직도 모르겠나?"

"……."

치호가 물음에 아무런 답도 하지 못하자 녀석은 치호에게 다가서며 천천히 말하기 시작했다.

"너와 내가 하나라는 의미, 그것은 말 그대로 너와 내가 하나였다는 의미다. 그렇기 때문에 우리는 불완전한 존재이기도 하지."

"불완전하다고?"

"그렇다. 여신이 네게 어디까지 말했는지 모르겠지만 너의 육체와 나의 정신이 하나가 될 때 우리는 진정한 존재로 거듭나게 된다. 아니, 진정한 존재로 거듭나는 게 아니라 원래의 모습으로 돌아가게 되는 것이지."

"원래의 모습……."

치호는 녀석이 하는 말을 곱씹었다. 녀석이 말 속에 자신을 속이려는 간교한 술책이 들어 있지 않은지 간파하려는 것이다. 하지만 녀석에게는 그런 것 따위는 느껴지지 않았기에 치호는 녀석이 하는 말이 모두 진실이라는 걸 깨달을 수 있었다.

"너와 내가 하나가 된다? 그러면… 난 죽을 수 있다는 뜻이냐?"

"답답하군. 죽음 따위를 초월한 존재가 되는 것이지. 더 이상 죽음을 갈망하지 않고 오로지 군림할 뿐이다. 모든 존재보다 더 높은 곳에서……. 언제나 그래왔듯 말이지."

"군림……."

녀석은 치호가 아직도 죽음을 갈망하는 모습에 답답하다는 듯 다시 한번 말을 이었다.

"아까도 말했듯 네가 죽음을 갈망하는 이유, 그것은 네가 아직 불완전한 존재이기에 그것을 탈피하려는 스스로의 본능이지. 아직 경험한 적 없는 것에 대한 갈망이라고 할 수 있지."

"그럼 너는 어째서 나와 같지 않지? 네가 나라면 너 또한 죽음을 갈망해야 하는 존재 아닌가?"

"크크크, 그게 바로 너와 내가 하나가 되어야 하는 이유이다. 나는, 나는 살아 있지만 살아 있지 않은 것과도 같지. 네가 죽음을 갈망하듯 나는 육체를 갈망하게 되어 있지. 그렇기 때문에 이 필드를 만들고 이런 귀찮은 짓까지 하게 된 셈이지. 이제야 이해를 하겠나?"

녀석은 치호와 대화를 하면서 필드를 만들고 테스터들을 불러 이런 짓을 하는 이유를 슬쩍 내비쳤다. 하지만 정확한 의미는 추측할 수 있는 정도이기에 치호는 재차 물었다.

"육체를 얻으려 이런 짓을 했다?"

"그래, 처음 내가 내 스스로의 존재에 관해 인식했을 때 나는 깨달았지. 내가 존재하고 있는 이 세상에는 나를 감당할 육체가 없다는 걸. 하지만 난 절망하지 않았다. 내가 파편화되어 있다는 것을 느낄 수 있었으니까."

"파편화?"

"그래, 내가 존재하고 있는 곳에는 내 육체가 없을지언정 나와 다른 차원, 즉 너의 세계에는 나의 육체가 있다는 걸 본능적으로 알 수 있었지. 그렇기에 이런 지루한 일을 계획한 것이다. 네가 나타날 때까지 반복하면서 말이지."

"허, 이런 미친! 계속 반복했다는 말은… 이 필드 말고도 또 있다는 뜻이냐?"

녀석의 말을 들어보니 치호는 어처구니가 없었다. 이런 적이 한두 번이 아닌 것 같은 뉘앙스를 숨기지 않는 녀석의 태도를 이해할 수가 없었다. 치호가 묻자 녀석은 별것도 아닌 것을 묻는다는 듯 쉽게 대답했다.

"차원은 무한에 가깝지. 그런 무한 속에서 너를 찾는데 단 한 번만으로 가능했으리라 생각한 것이냐? 수백 번, 수천 번,

아니, 수만 번… 기억이 나지 않을 만큼 반복하고 또 반복했지. 가끔은 너와 비슷한 힘을 가진 녀석도 있었다만… 모두가 가짜였다. 진정한 불멸과는 티끌조차 닮지 않은 주제에 그들은 쉽게 불멸을 입에 담더군. 그렇기에 나는 더욱 갈망했다. 네가 나타나기를 말이야. 그리고 나는 옳았다. 이렇게 네가 내 앞에 나타나 있으니 말이다."

녀석은 치호에게 말하면서도 어딘지 모르게 흥분되어 보였다. 드디어 염원을 이루는 순간이라도 온 듯 치호에게 설명하는 것이다. 하지만 치호는 그런 녀석을 보며 입술에서 피가 나도록 깨물었다.

녀석이 수천, 수만 번 기억이 나지 않을 정도로 반복했다면 그만큼 축적된 슬픔의 연쇄 또한 깊을 것이고 덧없이 희생되고 죽어간 인간이 헤아릴 수 없을 만큼 많다는 의미이기 때문이다.

하지만 치호는 녀석에게 공격하지 않았다. 녀석의 말이 진실이라면 자신이 공격해 봐야 정말로 의미 없는 힘 빼기밖에 되지 않기 때문이다.

그렇기에 치호는 터져 버릴 것 같은 가슴을 최대한 억누르며 녀석에게 다시 한번 물었다.

"그렇다면… 테스터, 그 의미는 뭐지?"

"테스터? 아, 나의 세상으로 불러들인 인간들이나 다른 녀석들을 말하는 거로군."

"다른 녀석들?"

치호는 테스터라는 의미를 물었는데 녀석은 퉁명스레 인간 외의 존재를 언급했다. 그 말에 치호가 알 수 없다는 표정을 짓자 녀석은 치호에게 한심하다는 표정을 지으며 말했다.

"오랜 시간 기다려 온 너인데… 완전히 인간이로군, 인간이 야."

"알아듣게 설명해 봐. 안 그래도 머리가 터질 것 같으니까."

"치호여, 누차 이야기하지만 우리는 특별한 존재이다. 인간 의 껍데기를 쓰고 있다고 해도 우리는 그들과 격이 다른 존 재라는 걸 잊지 마라."

치호는 녀석이 자꾸 쓸데없는 이야기를 하는 것 같아 미 간을 찌푸렸지만, 녀석은 그런 치호의 마음을 아는지 본론을 이야기하기 시작했다.

"치호여, 대체 테스터란 걸 누가 정의한 것이냐?"

"그야… 필드에 왔을 때부터 테스터였으니까. 정보 창에도 그렇게 기술되어 있고 말이지."

"그렇다면 인간만이 테스터라고 누가 말했는가? 어디에 기 술되어 있던가? 그런데 왜 테스터가 오로지 인간만이라고 단 정 짓듯 말하는 것이냐?"

"…뭐? 그게 무슨……?"

치호는 녀석의 말에 손에 쥔 파멸의 조각을 떨어뜨리는 추태를 보일 뻔했지만 가까스로 정신을 부여잡고 파멸의 조각을 조금 더 강하게 쥐었다. 하지만 녀석의 말은 끝나지 않은 듯 계속 말을 이어갔다.

"인간들은 언제나 스스로가 세상의 중심이라고 착각하곤 하지. 하지만 그들의 격을 한참이나 뛰어넘는 치호 네 녀석까지 그런 인간의 생각에 빠져 있다니… 실망이군."

"그렇다는 것은……."

"그래, 너희들이 괴물이라고, 필드의 지배자라고 부르던 녀석들, 그들 역시 모두가 테스터이다. 그렇기에 그들은 인간을 적대하고 사냥하는 것이지."

치호는 자신이 아무런 생각 없이 사냥해 온 괴물들이 모두가 테스터라는 말에 충격을 받았다. 그렇다면 그 괴물들 역시 그저 피해자일 뿐이기 때문이다.

"으흠, 하긴 이곳은 다섯 번째 필드로군. 아직 모를 만도 하지. 가끔 지능이 있는 녀석을 만나본 적도 있을 텐데… 그걸 아직 눈치채지 못했다니 아쉽군."

"그, 그러면 도대체 왜 그 모든 괴물… 아니, 테스터들을 이곳 필드로 몰아넣은 거지? 의도가 뭐야?"

치호는 녀석의 말에 언성을 높였지만 녀석은 차분한 어조로 말을 이어갔다.

"아까도 말했듯 첫 번째는 너를 찾는 과정이었지. 네가 어떤 껍데기를 사용하고 있을지 나로서는 알 수 없었으니까. 그리고 두 번째는 가장 강한 종을 찾기 위해서다."

"가장… 강한 종?"

"그래, 너와 내가 하나가 되는 그날 나는 모든 차원, 모든 세상을 정화하고 단일한 나의 세계를 만들 것이다. 그리고 선별한 가장 강한 종을 나의 새로운 주민으로 삼을 생각이었지."

치호는 녀석이 하는 말에 입이 다물어지지 않았다. 그간 치호가 생각하던 것과는 아예 차원이 다른 이야기를 하고 있었기에 도무지 현실감이 들지 않았다.

"그렇다면… 테스터라는 것은 새로운 세상에 적응할 수 있는지 테스트하는 자라는 의미인가?"

"굳이 정의하자면 그렇기는 하다만… 크게 의미를 둘 필요는 없겠지. 아무리 강하다 한들 결국 마음에 들지 않으면 지우고 새로 만들 것이니까."

"하, 미친……."

치호는 녀석이 하는 말을 도무지 들어줄 수가 없었다. 지금 죽음이니 뭐니 하는 수준의 것이 아니었다. 녀석이 만약 자신의 육체를 가지게 된다면 녀석은 진심으로 모든 차원을 지워 버릴 생각인 것 같았기 때문이다.

게다가 필드를 찢어놓고 다른 차원의 존재를 불러들일 힘까지 가지고 있는 걸 보면 그게 전혀 허튼소리로 들리지 않는 것이 문제였다. 치호가 녀석의 말에 표정을 구기자 녀석이 천천히 다가오며 말했다.

"대충 상황이 파악된 모양이군. 이제는 너와 내가 하나 될 시간이다. 더 이상 궁금해할 필요도 없다. 어차피 너와 내가 하나가 되는 그 순간 모든 걸 깨닫고 모든 걸 알게 될 것이니까."

그렇게 말하며 녀석이 천천히 다가왔다. 하지만 치호는 녀석이 다가오든 말든 녀석이 한 말 때문에 충격을 받아 혼란스러운 표정을 짓고 있었다.

"드디어……."

지근거리까지 다가온 녀석의 손에서 어느새 눈부신 빛이 감돌기 시작했다. 게다가 다가온 녀석이 온몸을 살짝 떠는 것처럼 보였다. 녀석 또한 오랜 시간 염원하던 일이 이루어지기 직전이라 흥분한 것 같은 모습이다.

까카카칵!

하지만 녀석이 빛나는 손을 치호에게 들어 올리려는 바로 그 순간 치호는 손에 들린 파멸의 조각을 휘둘러 녀석의 손을 뿌리쳤고, 동시에 뜨거운 불꽃이 튀었다.

"으흠!"

녀석은 치호의 예상치 못한 공격에 당황했는지 치호를 향해 올렸던 손을 감싸 쥐었다. 기존의 공격으로는 꿈쩍도 하지 않던 녀석의 태도와는 사뭇 달랐다.

"아직 하지 않은 이야기가 있는 것 같은데?"

"아직도 미련을 버리지 못한 것이냐? 너와 내가 하나가 되는 순간 모든 번민과 고통에서 해방될 텐데 무엇을 망설이는 것이냐?"

"영웅……. 세크의 이야기는 왜 하지 않는 거지? 그렇게 강한 힘을 가지고 있으면서도 어째서 세크에게 한 방 먹었는지 아직 답을 듣지 못한 것 같은데 말이야. 세크는 네가 그렇게 하등하다고 여기는 인간이잖아?"

녀석이 치호에게 다가서는 순간 치호의 머릿속에 번뜩인 인물, 바로 세크였다. 녀석은 스스로를 위대한 존재라고 치장하면서도 세크에 관한 이야기는 일절 하지 않았기에 녀석을 향해 물은 것이다.

세크의 이야기가 나오자 녀석은 마치 불쾌한 기억을 떠올리듯 표정이 일그러졌다.

"세크… 세크라……. 인간치고는 쓸 만한 힘을 가진 녀석이었지."

"호오, 쓸 만한 힘을 가진 녀석이라……. 그때 가지고 있던 육체도 버리고 불완전하게 살아가는 것을 선택했나?"

치호는 다섯 번째 필드까지 넘어오면서 세크의 흔적을 따라왔다. 그때마다 세크와 녀석의 전투를 가늠하게 할 수 있는 흔적을 보아왔기에 녀석에게 확신하듯 말한 것이다.

녀석은 그런 치호를 보며 부정하지도 그렇다고 긍정하지도 않는 미묘한 태도를 취하며 말을 이었다.

"세크 녀석이 날 처음 찾아왔을 때가 기억나는군. 너처럼 쓸데없는 인간들을 주렁주렁 달고 오더군."

"그 속에 여신도 포함되어 있었겠지?"

"그렇지. 그때 여신을 처음 보았지. 그리고 그 속에 잠재되어 있는 힘도 보았고 말이지. 그 힘을 이용해 내가 사용할 육체를 만들기엔 제격인 힘이었지."

녀석은 별것 아니라는 듯 이야기를 이어갔고, 치호 역시 집중해서 녀석의 이야기를 들었다. 하지만 그 이후로 이어진 녀석의 이야기는 치호가 알고 있는 것과 미묘하게 달랐다.

"세크가 나와 대적하기 위해 나를 찾아왔다고 알고 있겠지?"

"그게 무슨 뜻이지? 내가 알기론 세크는 너를 처단하기 위해 힘을 모으고 준비한 것으로 알고 있는데?"

"후후, 교묘하군. 과연 여신이야. 인간을 관리하는 데 역시 여신만 한 인재가 없군. 물론 인간 사이에서 오랜 기간 지내다 보니 쓸데없는 생각도 한 것 같지만… 과연 쓸 만한 인재야."

녀석의 말에 치호의 미간이 꿈틀거렸다. 감시자도 여신에 관해 녀석과 비슷한 말을 한 적이 있기 때문이다. 하지만 정확한 내막을 알지 못하는 치호로서는 답답하게 녀석의 말을 기다릴 수밖에 없었다.

"그런 표정 짓지 마라, 치호여. 네가 알고 있는 것이 언제나 진실은 아니니까."

"짜증 나는군. 난 대체 필드에서 뭘 한 것인지 모르겠군."

"그러니 나와 하나가 되어야 하는 것이다. 나와 하나가 되는 순간 우리 앞에 진실을 고하지 않는 자는 없을 것이며 거짓을 말하는 순간 모든 것을 간파할 수 있을 테니 말이다."

녀석은 틈만 나면 하나가 되기를 종용했고, 치호는 녀석의 태도에 짜증이 나기 시작했다. 하지만 세크에 관한 이야기가 궁금했기에 잠자코 있는 수밖에 도리가 없었다.

잠시 치호와 녀석 사이에 복잡한 기류가 흘렀지만 그런 분위기를 깨는 녀석의 목소리가 흘러나왔다.

"굳이 내가 설명할 필요는 없다만… 네가 나와 하나가 되기 전 납득하고 싶다면 말해주도록 하지. 그날 있었던 진실에 관하여 말이다."

"진실인지 아닌지는 내가 판단한다. 너와 세크가 만난 날, 내가 알고 있는 것과 다른 것이 있나?"

"세크, 녀석은 날 찾아왔지. 모든 감시자를 처리하고……. 바로 지금의 너처럼 말이다."

치호는 녀석의 말에 고개를 끄덕였다. 녀석과 대적할 정도라면 감시자 따위는 세크의 상대도 되지 않았을 것이 틀림없었다. 더욱이 치호가 사용하고 있는 〈투사의 발걸음〉의 주인 바르시를 비롯한 여러 동료가 함께했을 것이니 감시자를 처리하는 건 문제가 되지 않았을 것이다.

"세크 녀석은 내가 있는 곳을 어떻게 찾았는지 감시자를 처단하고서 나를 불러냈지. 그때는 감시자들의 육체를 사용할 필요도 없었지. 불완전하지만 나의 온전한 육체가 있었으니까."

"네 육체?"

"그렇다. 네가 가진 불사의 육체는 아니라도 내가 자각했을 때부터 사용하던 육체가 말이다."

"호오, 그러면 그 육체가 세크에 의해 파괴된 것이군."

치호는 세크와 녀석의 전투 흔적으로 필드 곳곳에 '신의 피'가 숨겨져 있는 것을 알기에 물은 것이다. 그러자 녀석 또한 기억을 회상하는 듯하면서 말을 이었다.

"결과론적으론 그렇긴 하지만 녀석은 날 처단하려고 온 것이 아니다, 치호여."

"그게… 무슨 뜻이지? 납득이 안 되는군."

"세크 녀석은 내 앞에 서서 건방지게 말하더군. 나를 테스트하겠다고 말이지. 크하하하! 오랜만에 그 기억을 떠올리니 아직도 재미있어. 그때 세크의 진심 어린 표정이란 정말 흥미로웠지."

"세크가 너를 테스트하겠다고 했다?"

치호는 녀석의 말에 혼란스러웠다. 세크는 분명 녀석을 처단하기 위해 힘을 기르고 준비한 것으로 알고 있는데 난데없이 녀석의 입에서 '테스트'란 단어가 나왔기 때문이다.

"그 표정을 보니 내 심정을 이해하는 모양이군. 그래, 나도 당시에는 세크가 제정신인가 싶었지. 격 낮은 인간인 주제에 누가 누굴 테스트하겠다는 것인지 말이다."

"그래서 어떻게 되었나? 그래서 그들은 너를 테스트했나? 테스트란 의미는 무얼 뜻하는 거지?"

치호는 자신이 알고 있는 것과는 다른 세크의 행보에 흥미를 가지며 묻자 녀석도 천천히 당시의 상황을 말해주기 시작했다.

"글쎄, 그건 아직도 알 수가 없군. 왜 날 테스트하겠다고 말한 것인지 말이야. 난 사실 그들을 보면서 날 처단한다거나 죽이겠다고 말할 줄 알았는데 그런 게 아니었으니 신선하긴 했어."

녀석이 세크와 나눈 대화를 떠올리듯 말하자 치호는 녀석의 말을 집중해서 들었다. 녀석이 말하는 것에서 녀석이 알아차리지 못한 어떤 단서가 숨겨져 있을지 모르기 때문이다.

"그 후는 네가 아는 것처럼 진행되었다. 테스트한다고 말해놓고 마치 죽일 것처럼 달려들더군. 그때부터는 나도 흥미가 식기 시작했지. 흔하디흔한 녀석들이었으니까."

"흔하다? 그럼 그전에도 너에게 대적한 이들이 있다는 뜻인가? 세크 외에도?"

녀석은 치호의 말에 잠시 생각을 정리하는 것 같더니 고개를 저으며 말했다.

"나를 대적하는 존재는 있을 수가 없다, 치호여. 그저 나의 존재를 눈치챈 몇몇 인물이 있을 뿐이지. 하지만 그들 역시 감시자의 눈을 피해 도망가는 것이 고작이고 내 앞에 선 자는 세크가 유일하다고 할 수 있지."

"호오, 네 존재를 눈치챘다면?"

"으흠, 가장 최근에는… 올브람이던가? 스스로를 탐구자라고 하더군. 무슨 탐구자인지는 알 필요가 없지만 그런 녀석도 있었지. 내 존재를 파악하고 스스로 은둔자가 되길 선택한 것 같지만 말이다."

치호는 녀석의 말에 피식 웃을 수밖에 없었다. 생각해 보면 올브람이란 녀석이 대단하게 느껴졌기 때문이다. 이곳 필드에서 태어나 세상에 관한 의문을 품고 주변의 아무런 도움 없이 스스로 진실을 파헤쳐 녀석의 존재를 깨달은 자이기 때문이다.

하지만 치호는 올브람에 관해 생각을 계속 이어갈 수 없었다. 녀석이 세크에 관해 말을 이었기 때문이다.

"세크 녀석이 가진 힘은 확실히 인상적이었지. 내가 준 힘에 시스템의 힘을 완벽히 이해하고 그것을 간파해 내더군. 오히려 나의 힘을 이용하는 대범한 면모를 보였지."

"너의 힘을 이용한다?"

"그래, 네가 지금 가지고 있는 그 물건들을 통해서 말이야. 그리고 스스로가 가진 힘을 변형해 내 힘과 유사한 힘을 만들어내 나에게 대적하더군."

"호오, 재미있군."

"크크크, 그렇지, 재미있지. 나도 그랬다, 치호여. 세크를 보고 너무 재미있어 참을 수가 없었지. 마치 어린아이의 재롱을 보는 것 같은 기분이었으니까."

녀석은 세크와 대적하던 때를 떠올리며 미소를 지었다. 그런 녀석의 모습은 소름이 돋을 정도였지만 치호는 녀석의 말에 집중했다.

"그래서 녀석의 기술들을 관찰했지. 네가 지금 사용하고 있는 그 기술들을 말이다. 네가 사용하니 조금 변형되긴 했지만, 당시에 난 흥미로울 수밖에 없었어. 그들이 만든 기술이 나를 구속하려 들었으니까 말이다."

녀석의 입에서 구속이라는 말이 나오자 치호는 급격하게 흥미가 돋았다. 구속이라는 단어를 사용했다면 녀석은 당시

위기감을 느낀 것이 틀림없었기 때문이다.

"네가 사용한 그 '싸움터'를 비롯해서 '꺼지지 않는 불길'이 나를 덮쳤지. 하지만 그런 것은 흥미롭기만 할 뿐이었다만… 세크 녀석은 조금 다르더군."

"어떤 게… 다르다는 거지?"

"내가 녀석들의 기술을 하나씩 파괴하며 천천히 쓰러뜨려 나가자 녀석은 당황했는지 나를 다른 공간으로 이끌더군."

"다른 공간?"

"그래, 나의 필드가 아닌 완벽하게 격리된 또 다른 공간으로 말이다."

치호는 녀석이 말하는 게 무엇인지 떠올려 보았다. 얼마 지나지 않아 녀석이 말하는 그 공간이라는 것이 무엇인지 알아챌 수 있었다.

"영원의 싸움터를 말하는 것인가?"

"지금은 그 공간을 영원의 싸움터라고 부르고 있는 것인가? 이름 따위는 중요하지 않지. 하지만 그곳은 지금 생각해도 불쾌한 장소였다는 걸 기억하고 있지."

"아아, 나도 알고 있어."

치호는 녀석이 말하는 그 불쾌감이라는 것을 잘 알고 있었다. 어딘지 친숙하지만 조금 다른 어둠이 푸근한 듯 위장하고 있지만 거짓으로 점철된 바로 그 공간에 대해서 말이다.

그곳에서 치호는 스스로의 자아를 만나 끝없는 싸움을 벌였음에도 현실과 전혀 연관되지 않는 바로 그 단절된 공간의 불쾌감을 알고 있었다.

"그래, 녀석은 그곳으로 나를 이끌더군. 어떻게 그런 공간을 만들어낸 것인지는 몰라도 그 순간만큼은 나를 당황시키기에 충분했다. 그 공간은 마치 내가 내 스스로를 자각하기 전을 떠올리게 만드는 공간이었으니까."

"스스로를 자각하기 이전을 떠올리게 한다……. 재미있군."

녀석의 말을 들은 치호의 입가에 알 수 없는 미소가 떠올랐다. 하지만 녀석은 그런 치호는 개의치 않으며 계속해서 말을 이었다.

"그래, 난 그곳에서 세크와 끝없는 전투를 치르고 그곳을 빠져나올 수 있었지. 전투 자체는 별것 아니었지만 그곳을 빠져나오는 데 뼈아픈 대가를 치를 수밖에 없었지."

"대가?"

"그때 나의 육체를 잃은 것이야. 그곳의 영겁 같은 시간을 버텨내지 못하더군, 나의 불완전한 육체는. 그래서 나는 그곳에 나의 육체를 버리고 빠져나오는 것을 택한 것이다."

치호는 녀석의 말이 끝나자 상황이 어떻게 돌아간 것인지 파악이 끝난 것 같은 표정을 지었다. 묘한 표정을 지은 치호는 녀석에게 확인이라도 하듯 마지막 질문을 했다.

"마지막 세크와의 전투, 어땠나?"

"세크와의 전투? 별것 없었다. 녀석은 그 영겁의 공간에 도착해 나와 싸우고 숨이 끊겼으니까. 마지막엔 뭐가 그리도 만족스러운지 미소를 짓고 죽더군. 그러면서 테스트는 끝났다고 외쳤지만… 아집으로 가득 찬 녀석이었지. 죽음을 마주하면서도 그딴 헛소리를 외치다니. 크크크."

"하하하! 그렇군. 세크, 그랬어."

녀석은 세크를 떠올리며 웃음 지었고, 치호 역시 녀석의 말을 듣고 새어 나오는 웃음을 참을 수 없었다.

한참을 웃던 치호가 얼굴에 웃음기를 지우며 말했다.

"세크가 너와 만나 왜 그런 이야기를 했는지 이제야 이해가 되는군. 테스트라……. 그 말이 꼭 맞아떨어지는데?"

"그게 무슨 의미지?"

"그건 말이다, 너를 죽일 수 있는 방법을 세크가 테스트한 것이란 뜻이다. 세크의 검!"

치호는 녀석에게 외침과 동시에 지금껏 사용하지 않은 〈세크의 검〉을 발동시켰다.

제10장
최종장 Ⅱ

"이, 이런! 놔라! 저곳에 들어가면… 제길!"

치호는 영원의 싸움터가 끌어들이는 그 힘에 거스르지 않고 오히려 그 힘에 순응하며 녀석의 품으로 파고들었다. 그러고는 녀석을 품에 안고 그대로 공간의 균열 속으로 뛰어들었다.

치호가 녀석을 부여잡고 검은 균열의 공간 속으로 뛰어들자 멈춰진 시간 속에 몰아치던 폭풍이 거짓말처럼 그쳤다.

깨어진 공간은 마치 시간이 역으로 돌아가는 듯 순식간에 복구되었다.

치호와 녀석이 전투를 치르던 곳이 거짓말처럼 고요해졌다. 마치 치호와 녀석, 그 둘의 존재를 부정이라도 하듯 묘한 정적이 감돌기 시작한 것이다.

하지만 멈추어진 필드의 시간 속에서 그런 것을 알아차릴 수 있는 이는 없었다.

전투를 지켜보는 대진과 메이, 미소조차 알아차리지 못하는 시간의 틈 속으로 그 두 사람은 사라져 버린 것이다.

*　　　　*　　　　*

"으, 이곳을 다시 오게 되다니 멍청하군, 멍청해!"

어디가 위인지 아래인지 알 수 없는 어둠만이 가득한 공간 속에서 목소리 하나가 울려 퍼졌다.

그 목소리의 주인공은 치호 때문에 강제로 이곳 영혼의 싸움터로 끌려온 녀석이었다.

녀석의 목소리에서 참을 수 없는 분노가 느껴졌다. 치호와 전투를 치르면서도 단 한 번도 내비친 적 없는 격앙된 목소리였다.

드디어 녀석에게 숨겨져 있던 감정이 드러나기 시작한 것이다.

"어때, 세크가 준비한 공간이 마음에 드나?"

그런 목소리에 화답하는 또 다른 목소리가 어둠 저편에서 들려왔다. 그 목소리의 주인공은 치호.

치호는 어둠 속에서도 절제된 감정을 내비치며 녀석을 향해 말했다. 그러자 녀석도 그런 목소리를 통해 치호의 방향을 감지해 냈다는 듯 치호의 목소리가 들린 방향을 향해 외쳤다.

"이 공간 속에서 얼마의 시간을 버려야 할지 감도 잡히지 않는군! 하지만 그렇다 해도 나의 필드 속 시간은 변함없을 터, 부질없는 짓이다!"

"나의 필드? 걱정하지 마. 그건 내가 알아서 할 테니까. 넌 이곳에서 죽을… 아니, 완전히 소멸할 거거든. 내가 그렇게 만들 테니까 말이야."

"건방진… 한낱 육체 따위가 그딴 헛소리를 지껄이다니! 완전한 존재로 거듭날 기회를 버린 걸 후회하게 될 것이다!"

"후회? 그런 건 말이야, 널 소멸시키지 못하면 하게 되겠지."

치호는 금이 가서 이빨이 빠진 파멸의 조각을 손에 쥐고서 녀석을 향해 뛰어들었다.

그러자 녀석 또한 치호의 목소리를 따라 치호에게 쇄도했다.

영원의 싸움터 안에서 치호와 녀석의 2차전이 시작된 것이다.

끄드드득!

끝을 알 수 없는 어둠만이 가득한 공간에서 불꽃이 튀기 시작했다.

치호와 녀석이 부딪쳐 가며 기괴한 소리를 내었고, 불꽃이 튀는 그 찰나의 순간에만 서로의 얼굴을 확인할 수 있었다.

어둠만이 가득한 이 공간에서 서로의 얼굴조차 튀어 오르는 불꽃에 의지해 볼 수밖에 없었지만, 그런 제약 따위는 아무런 문제도 되지 않았다.

치호는 물론이고 녀석까지 이 어둠 속에서 그 어느 때보다 활발한 움직임을 보이고 있었기 때문이다.

"이게 끝이냐! 겨우 이 정도 힘을 보여주려고 날 이런 공간까지 끌어들인 것이냐?"

"거참, 말 많네. 여기가 그렇게 마음에 안 드나? 난 이곳에서 영원히 잠들까 생각한 장소인데 말이지."

"그래서 너는 나와 하나가 되는 것이다. 이런 불쾌한 공간을 마음에 들어 하다니 멍청하기 짝이 없군."

치호는 녀석의 말에 피식 웃을 수밖에 없었다. 녀석은 자신과 닮은 듯하면서도 전혀 닮지 않았다.

치호는 이곳에 처음 왔을 때에는 다소 불쾌함이 있었지만, 어느새 끝을 모르게 둘러싼 어둠이 안정감 있게 다가왔기 때문이다.

마치 죽음을 연상케 하는 이 어둠은 치호에게 그 어떤 장소보다 원한 장소였다. 하지만 녀석은 죽음을 피하려고 하는 녀석이었기에 치호와는 전혀 다른 느낌을 가지고 있는 것 같았다.

녀석이 말하는 것처럼 녀석은 치호와 같은 격을 가지고 살아왔을지 몰라도 지향하는 바가 전혀 다른 존재였다. 즉, 닮은 듯하면서도 전혀 다른 존재로 변해 버린 또 다른 자신인 것이다.

죽음에 대한 인식이 만들어낸 그 작은 차이가 지금 치호와 녀석의 대립 구도를 만들어놓은 것이다.

치호는 그 차이를 깨닫기 시작하자 점차 마음이 편해지는 것을 느꼈다.

"잠시… 아주 잠깐 동안은 네 말에 현혹될 뻔했지."

"그게 무슨 뜻이냐?"

"네가 말한 것처럼 그냥 포기해 버릴까 하는 생각 말이다. 어차피 너와 하나가 된다면 나란 존재는 영원히 잠들 수 있지 않을까 하고 말이야."

"아직도 이해를 못 하는군. 우리가 하나가 되면 완전히 다른 존재로 다시 태어……."

녀석은 다시 한번 치호를 향해 하나가 되었을 때의 상황을 설토하려고 했지만 치호는 그런 녀석의 말을 끊으며 말했다.

"아니, 그러니까 그게 마음에 들지 않는 거다. 새로운 존재… 웃기는군. 난 그냥 끝내고 싶을 뿐이다. 이 지긋지긋한 삶 자체를. 격? 그딴 게 높은들 무슨 의미가 있나?"

"대화가 통하지 않는군, 역시."

"웃기는군. 네가 원하는 게 새로운 존재가 되어 새로운 세상을 만들어 영원히 추앙받는다? 그게 무슨 의미가 있는지 묻는 것이다. 네가 말하는 군림? 그것도 해봤다. 인간들을 통해서 말이야. 하지만 그것조차 지겨워지더군. 추앙받는다? 그것 또한 경험했지. 하지만 그것도 질려. 결국 찾아오는 것은 극도의 무료함과 권태일 뿐. 그리고 그 끝은 죽음을 갈망하게 될 것이다."

치호는 녀석을 향해 과거를 떠올리듯 열변을 토했지만 녀석에게 치호의 생각은 전해지지 않는 것 같았다. 녀석은 마치 기계처럼 같은 말을 반복했다.

"결국 강한 자의 논리를 따르게 되겠지, 치호여."

"그래, 그래서 널 이곳으로 끌고 온 거야. 저쪽 필드에서는 아무래도 내가 불리하거든."

"웃기는군. 이곳이라고 다를 것 같은가?"

치호와 녀석은 다시 한번 격돌했다. 하지만 결과는 이전과 달랐다. 치호가 휘두른 파멸의 조각에서 느껴지는 감촉이 점차 변하고 있었다.

피잇.

수없이 많은 불꽃이 튀는 와중에 단 한 번의 절삭음.

치호가 그렇게 기다리고 기다리던 그 감촉이 손에 느껴진 것이다. 그 소리와 손끝에서 느껴지는 감촉이 느껴지는 순간 치호의 입가에 미소가 떠올랐다.

하지만 그와 반대로 녀석의 얼굴은 딱딱하게 굳어갔다.

"이럴 리가……."

"이럴 리가 없다고? 세크의 말 못 들었어? 널 테스트하겠다는 그 말 말이다."

"세크?"

"그래, 세크."

치호는 세크를 상기시키는 듯 말했지만 녀석은 아직도 이해를 하지 못하는 눈치였다. 아니, 눈치를 채지 못하는 게 아니라 인정하고 싶지 않는 것 같았다. 자신보다 하등한 존재가 자신을 테스트했다는 것 자체를 인정할 수 없기 때문이다.

"세크… 녀석이 제 목숨을 희생해 너를 처단할 방법을 찾은 거야. 그리고 기다렸겠지. 자신을 대신하여 널 처리해 줄 녀석이 나타날 때까지 말이야."

"그럴 리가… 녀석은 너의 존재를 알 리가 없을 텐데? 놈은 나의 목적조차 알지 못하는 녀석이었다. 녀석이 이걸 노리고 준비했을 리 없다!"

"세크 본인이었다면 그럴지도 모르지. 하지만 그에게는 셀렌이라는 현자가 곁에 있었거든."

"웃기지 마라!"

까앙!

녀석은 치호의 입을 다물게 하기 위해 다시 한번 쇄도했지만, 치호는 여유롭게 녀석의 공격을 막아냈다. 녀석은 치호의 말이 계속되면 계속될수록 평정심을 잃는 것처럼 보였다.

하지만 치호는 그 반대로 점차 안정되는 듯한 모습을 보이기 시작했다.

"그 녀석이 준비를 아주 많이 했더군. 스킬은 물론 무구, 더군다나 내가 가장 잘 싸울 수 있는 싸움터까지 준비해 뒀어."

"…인정하지 못한다! 그 스킬 또한 나의 힘에서 비롯된 것이며 무구 또한 나의 힘에서 비롯된 힘! 나의 힘을 통해 나를 해한다는 것은 불가능하다!"

"그렇겠지. 불가능하겠지."

까가강!

녀석과 치호는 이야기를 하면서도 쉴 새 없이 검을 놀리고 몸을 움직였다. 말을 하면서도 서로의 빈틈을 찾기 위해 공격을 멈추지 않은 것이다. 하지만 그런 위험한 상황에서도 치호는 녀석의 평정을 흔들기 위해 노련하게 말을 이어 갔다.

"그게 이곳의 정상적인 테스터나 주민이었다면 불가능하겠지. 하지만 나도 그럴까? 네가 그렇게 좋아하는 격이 같은 나인데?"

"크흐, 인간에 둘러싸여 자신이 누군지도 잃은 녀석한테 그런 격 따위는 어울리지 않는다!"

"오히려 그 격은 너한테 어울리지 않겠지. 멍청하게 스스로를 위대하다고 생각하는 놈보다 훨씬!"

"이놈!"

쓰악!

녀석이 치호의 말에 일순 평정심을 잃었는지 잠시 자세가 흐트러졌고, 그 찰나의 빈틈을 놓칠 치호가 아니었다. 주변은 어둠으로 점철되어 시야조차 확보되지 않았으나 치호는 녀석의 빈틈을 정확히 파고들어 녀석의 팔을 통째로 베어냈다.

"크아악!"

"드디어 제대로 된 감각이 들어오는군. 그리고 무구의 효과도 제대로 들어가는 것 같고."

치호는 녀석이 비명을 지르기 시작하자 감회가 새롭다는 듯 차분하게 파멸의 조각을 다시 한번 고쳐 잡았다.

치호가 가지고 있는 에픽 아이템의 회복을 방해하는 효과가 제대로 들어가기 시작한 듯 녀석이 비명을 지르기 시작했다.

그간 공격조차 제대로 통하지 않던 녀석에게 드디어 공격이 제대로 들어간 것이다.

"네놈도 고통을 느끼는 모양이지? 그 위대한 존재가 고통이라니… 그런 거면 너무 실망인데?"

"크흐, 건방진 놈, 공격 한 번 성공했다고 거만하기는. 네놈을 설득하려고 생각한 내가 아둔했군. 처음으로 같은 격의 존재를 만나 나 스스로를 통제하지 못한 모양이야."

"변명만큼은 격이 높다고 인정해 주어야 하나?"

치호는 일부러 녀석의 말꼬투리를 잡으며 녀석의 평정심을 흔들려는 시도를 끊임없이 했다.

하지만 녀석은 자신의 한쪽 팔이 떨어져 나가자 정신이 번쩍 들었는지 더 이상 치호의 도발에 넘어가지 않는 듯 차분하게 말을 이었다.

"세크가 날 테스트해? 좋다, 인정하지. 그런 하찮은 일 따위 인정하면 그만이다. 하지만 녀석은 물론이고 네놈도 한 가지 사실을 간과하고 있군."

"내가 간과한 사실?"

"그래, 근본적으로 이런 공간을 전장으로 선택한 건 아주 멍청한 짓이란 걸 말이야."

녀석은 무언가 노림수가 있다는 듯 치호에게 말하기 시작했고, 치호의 이마에서 차가운 땀방울이 뺨을 타고 흘러내렸다. 녀석에게서 느껴지는 것이 허풍이나 거짓은 아닌 것 같았기 때문이다.

사실 치호는 지금 과거 이곳에 들어와 자신의 수많은 인격을 통제할 때보다 더욱 지친 상태였다. 녀석에게 티내지 않기 위해 말을 섞어가며 여유로운 척했지만, 치호가 시도하는 공격 한 번, 한 번이 일격 필살의 의지를 담고 있었다.

그렇기에 치호 역시 점점 한계에 도달하고 있었는데 그와 반대로 녀석은 다시 평정을 회복하는 듯했고 더욱이 무언가 숨겨둔 한 수가 있다는 듯한 뉘앙스를 보였기 때문이다. 그 때문에 치호는 녀석이 한마디 할 때마다 온몸의 신경이 곤두서는 것 같았다. 녀석이 어떤 수작을 부리든 재빨리 대처할 수 있도록 준비해야 했다.

하지만 녀석은 치호의 그런 모습을 비웃기라도 하듯 아무런 움직임도 보이지 않았다.

마치 전투를 포기한 것처럼 아무런 움직임 없이 그저 잘린 팔을 부여잡고 있을 뿐이다.

"이 전장을 선택한 게 잘못이라고?"

"그렇다. 이곳의 어둠, 이곳의 특성이 영원의 시간이란 걸 잊지 않았겠지?"

"그게 너와 무슨 관계가 있지? 넌 이곳에서 소멸할 운명인데?"

"크크크, 근본적인 너와 나의 차이, 너와 나의 근원에 관해서다. 세크 녀석도 그것을 예상하진 못했겠지. 그저 나와 같은 격을 가진 녀석이 나를 처리해 주길 원했을 뿐이지."

치호는 녀석이 무슨 말을 하려는지 예상하지 못했다. 하지만 녀석이 말을 이어갈수록 치호의 본능이 위험하다고 말하는 것 같았다.

온몸의 솜털이 곤두서고 그 어느 때도 느껴보지 못한 긴 장감이 맴돌았다.

하지만 이곳은 영원의 싸움터, 도망갈 곳도 없고 녀석 앞에서 물러설 수도 없었다.

치호가 경고하는 본능적 위험에 맞서 싸워야 하는 순간인 것이다.

"아직도 모르겠나?"

"거참, 격이 높으면 원래 그렇게 말이 많나? 아니면 소멸을 앞두고 긴장이라도 했나 보지? 그렇게 말이 많은 걸 보면 말이야."

"긴장이라……. 네 말이 맞다. 나는 긴장하고 있다. 너와 내가 하나 되는 순간이니까."

녀석의 말에 치호의 미간이 꿈틀거렸다. 녀석이 자신하는 이유를 알 수 없었기 때문이다. 하지만 녀석은 그런 치호의 의문을 풀어주려는 듯 말을 이었다.

"너와 나의 근본적 차이, 즉 너의 격은 육체를 기반으로 하고 나는 정신을 기반으로 한다는 것이다."

"……."

치호는 녀석의 말을 듣고도 그 의미를 이해하려 해봤지만 딱히 짚이는 게 없었다. 그런 치호의 표정을 어둠 속에서 꿰뚫어 봤다는 듯 녀석의 목소리가 계속해서 들렸다.

"내가 가진 모든 힘을 한 번에 폭발시키면… 네놈의 육체 또한 사라지겠지. 그렇지 않나?"

"이런 젠장!"

녀석의 말에 치호는 녀석이 노리는 것이 무엇인지 알 수 있었다.

녀석이 말한 것처럼 녀석은 정신을 기반으로 하는 녀석이라 스스로가 가진 힘을 한순간에 폭발시킨다 해도 녀석은 이 영원의 공간에서 스스로 존재할 수 있는 것이다.

물론 치호 역시 녀석이 어떤 공격을 한다 해도 살아남을 것이다.

치호 역시 녀석이 가진 격과 동일한 격을 가지고 있는 불멸의 존재이니까.

하지만 치호는 녀석과 다르다.

한번 파괴된 육체가 재구성할 동안 치호의 정신이 공백에 들어서기 때문이다. 그것은 지금껏 치호가 전투를 치르면서도 가장 경계하던 부분인데 녀석이 그 맹점을 파고든 것이다.

즉, 녀석은 자신의 힘을 단번에 폭발시켜 일차적으로 치호의 육체를 파괴하고 다시 육체가 재구성될 때 그 빈틈을 노려 치호의 육체를 강탈하려는 것이다.

녀석은 정신적 존재임으로 물리적 한계를 벗어나 기다릴

수 있는 것이다. 치호의 육체가 완벽하게 재구성되는 바로 그 시점을.

만약 녀석의 뜻대로 된다면 치호는 저항 한번 해보지 못하고 녀석이 원하는 대로 이끌려 다닐 수밖에 없는 처지이다.

그것을 눈치챈 동시에 치호는 녀석을 향해 쇄도했지만 이미 늦은 것 같았다.

녀석의 몸이 어둠 속에서 밝게 빛나기 시작했고, 그 단단하던 외피가 거북이 등껍질처럼 조각나기 시작했기 때문이다.

"이미 늦었다, 치호여! 다시 깨어났을 때는 완벽한 존재로 거듭나 있을 것이다! 나를 받아들여라!"

"아, 안 돼!"

녀석의 몸에서 새어 나오는 눈부신 빛에 눈을 뜰 수 없을 것 같은 강렬함을 느끼며 치호는 마지막 일격에 전력을 담아 녀석에게 휘둘렀다.

하지만 그것은 무의미한 저항처럼 보였다.

치호가 휘두른 파멸의 조각이 녀석의 몸에 닿기도 전에 녀석의 몸에서 퍼져 나온 새하얀 빛이 영원의 싸움터에 가득한 어둠을 거두어내고 치호의 몸을 삼켜 버렸기 때문이다.

＊　　　　　　＊　　　　　　＊

　녀석의 몸을 뚫고 새어 나오는 빛이 치호의 몸을 감싸자 치호는 온몸을 옭아매는 힘을 느껴야만 했다. 눈조차 제대로 뜰 수 없는 눈부신 빛 앞에 치호는 꼼짝 못하고 갇혀 버린 것이다.

　"크윽!"

　치호는 빛의 영역에서 벗어나려고 발버둥을 쳤지만 옴짝달싹할 수 없었기에 그저 입을 앙다물고 신음을 흘렸다.

　하지만 녀석은 치호의 그런 모습을 보며 아주 재미있는 것을 보았다는 듯 광소를 터뜨렸다.

　"크하하하! 그만 포기해라. 네가 정신을 다시 차렸을 때는 이미 나와 하나가 되어 있을 것이다. 아니, 정신을 다시 차렸다는 자각조차 할 수 없겠군. 이미 너와 나는 하나가 되었을 테니 말이다."

　"제길, 웃기지 마!"

　녀석은 이미 끝났다는 듯 승리를 확신한 목소리로 말했다. 더욱이 이미 감시자의 몸을 떠났는지 녀석의 목소리는 빛을 발하고 있는 감시자의 육체에서 들려오는 것이 아닌, 마치 메아리처럼 울리고 있었다.

녀석은 이미 감시자의 육체를 포기하고 치호의 몸이 재구
성되기만을 기다리는 것 같았다.

"제길!"

거친 욕설을 내뱉는 치호의 목소리는 벌써 갈라져 있었다.
이대로 가다간 정말 녀석이 말하는 대로 될 것 같았기 때문
이다. 하지만 이대로 포기할 치호가 아니었다.

치호는 어떻게든 활로를 찾기 위해 자신이 가진 검은 힘을
뿜어내기 시작했다.

"크압!"

거친 치호의 목소리와 함께 치호의 온몸에서 검은 힘이
안개처럼 뿜어져 나왔다. 하지만 그 검은 힘은 필드에서처럼
멀리 퍼지지 못하고 치호 언저리를 맴돌 뿐이었다.

녀석이 육체를 희생해 가면서 뿜어낸 빛이 치호의 검은 힘
이 퍼져 나가는 것을 원천적으로 봉쇄하고 있었기 때문이
다.

더욱이 멀리 퍼져 나가는 것은 둘째 치고 점점 빛이 치호
의 검은 힘을 천천히 잠식해 나갔다. 치호가 작정하고 검은
힘을 사용함에도 불구하고 녀석의 빛에 휩싸여 점점 검은
힘의 범위가 줄고 있는 것이다.

"크크크, 의미 없는 저항이다! 치호여, 내 힘을 받아들여
라! 너의 힘과 나의 힘이 합쳐지는 그 순간이 얼마 남지 않

왔다!"

녀석은 저항하는 치호를 보며 포기하라고 말했지만 치호
는 그럴 수 없었다. 지금 이 순간을 포기하면 밖에서 영문도
기다리고 있는 대진을 비롯한 메이, 미소에게 남은 것은 죽
음밖에 없기 때문이다.

일행 때문이 아니라도 치호는 녀석에게 굴복하고 싶지 않
았다. 아니, 치호는 굴복하는 법을 몰랐다. 그 오랜 시간을
살면서도 단 한 번도 누군가에게 굴복한 적이 없기 때문이
다.

그렇기 때문에 치호는 애초에 포기하고 굴복하는 방법 자
체를 몰랐다.

감당할 수 없는 힘이 있다면 투쟁할 뿐, 치호에게는 굴복
이나 포기라는 단어가 머릿속에 들어 있지 않았다. 오로지
녀석을 처단할 방법, 이 순간을 모면하고 녀석에게 카운터를
날릴 수 있는 그 기회를 노릴 뿐이었다.

하지만 지금 이 순간은 치호에게 불리하게 돌아갔다. 치호
가 뿜어내는 검은 힘이 녀석이 뿜어낸 빛에 휩싸여 제대로
힘을 내지 못하는 데다 그 영역조차 점차 줄어들고 있었기
때문이다.

치호의 마음속에는 투쟁의 의지가 가득했지만 그와 달리
현실은 점점 치호의 목을 조여 왔다.

그러나 진정한 기회는 위기의 순간 찾아온다는 말이 있듯
그 순간 변화가 생기기 시작했다.

　그 변화의 바람은 치호가 손에 쥔 파멸의 조각에서부터
시작되었다.

　틱틱.

　"이런… 제길."

　치호는 손에 쥔 파멸의 조각에서 심상치 않은 소리가 들
리자 인상을 구겼다. 가뜩이나 녀석이 뿜어내는 힘에 저항하
기 위해 온 힘을 사용하고 있는데 파멸의 조각이 말썽을 부
렸기 때문이다.

　'버틸 수가 없는 건가.'

　손에 쥔 파멸의 조각에서 나는 불길한 소리.

　거친 전투를 겪으며 이미 상할 대로 상한 파멸의 조각이
한계가 온 것 같았다. 다른 검 같았으면 이미 가루가 났어도
할 말이 없을 정도로 격한 전투를 치렀고, 그런 전투를 버텨
낸 것만으로도 가히 명검이라고 칭할 수 있지만 이런 위기의
순간 들려오는 불길한 소리는 치호를 예민하게 만들었다.

　파멸의 조각에서 들려오는 이 불길한 소리, 즉 파멸의 조
각이 부러지기 일보 직전인 것이다.

　하지만 그런 불길한 소리는 파멸의 조각에만 머무르지 않
았다.

녀석이 감시자의 몸을 포기하면서 뿜어내는 눈부신 빛이 치호를 옭아맴과 동시에 치호가 가진 영웅의 무구들이 불길한 소리를 뱉어내기 시작한 것이다.

틱틱, 틱.

파멸의 조각을 비롯해 비탄의 조각, 고통의 조각, 창조의 조각은 치호가 검은 힘을 뿜어내면 뿜어낼수록 불안하기 짝이 없었다.

치호가 그런 영웅의 무구들 때문에 거친 말을 뱉으려는 순간 치호의 메시지 창에 새로운 메시지가 떠오르기 시작했다.

[파멸의 조각이 파괴되었습니다.]
[비탄의 조각이 파괴되었습니다.]
[고통의 조각이 파괴되었습니다.]
[창조의 조각이 파괴되었습니다.]

차례대로 떠오르는 메시지에 치호의 미간이 찌푸려지고 동시에 악문 입에서는 붉은 선혈이 터져 나올 것만 같았다. 그렇지 않아도 힘겹게 녀석과 힘겨루기를 하고 있는데 이런 중요한 순간에 영웅의 무구들이 모조리 파괴된 것이다.

하지만 치호가 놀라기도 전에 새로운 메시지가 연이어 떠올랐다. 생각지도 못한 변화가 일어나기 시작한 것이다.

[에픽급 무구가 모두 파괴됨에 따라 에픽급 무구에 숨겨진 힘이 활성화됩니다.]
[영웅의 가호가 활성화되었습니다.]

'영웅의… 가호?'

치호는 떠오르는 메시지에 놀라 정신이 없었지만 그런 치호와 무관하게 변화는 진행되었다. 파괴된 영웅의 에픽급 무구들이 부서지면서 빛나는 가루로 흩날리기 시작한 것이다.

그리고 가루가 치호의 주변으로 뭉치기 시작했다. 그러길 잠시, 그 빛나는 가루들이 치호를 감싸며 점차 치호의 몸으로 흡수되기 시작했다.

가루들이 녀석이 뿜어내는 빛에 난반사를 일으켜 아름답게 빛나는 것도 잠시, 무구들이 치호의 몸에 흡수되기 시작하며 치호는 '영웅의 가호'라는 것이 어떤 힘인지 깨달을 수 있었다.

'세크… 넌 대체……'

치호는 녀석이 남긴 마지막 힘을 느끼며 얼굴도 모르는 세크를 떠올렸다. 녀석은 두 수, 세 수를 앞서 보면서 녀석을 철저하게 테스트했다. 녀석이 가진 힘, 녀석의 공격 수단, 그리고 녀석의 본질까지.

그 실험의 대가로 죽음은 물론이고 타락한 영웅이라는 오명까지 뒤집어쓰면서도 녀석을 처단하기 위해 이런 힘을 남겨둔 것이다.

비록 스스로 녀석을 처단할 수는 없어도 후대의 누군가가, 녀석과 같은 격을 갖춘 누군가가 나타나기를 바라며 이런 힘을 남겨둔 것이다. 철저하게 녀석에게 특화되어 있는 이 힘을 말이다.

"세크가 너를 아주 철저하게 테스트했나 보군."

치호는 영웅이 남긴 마지막 힘까지 흡수하고 난 후 한결 차분해진 목소리로 말했다. 그러자 녀석이 그런 치호를 보며 비웃듯 말했다.

"마지막이 가까워지니 포기한 것인가? 크하하! 처음부터 그랬으면 좋았을 것을… 쓸데없이 시간을 허비하게 하는군. 보아라. 네가 그리도 믿던 그 무구들도 보잘것없이 터져 나갔으니 이제 네게 남은 건 나와 하나 되는 일뿐이다."

녀석은 영웅의 무구가 단순히 터져 나간 것으로 본 것 같았다. 영웅이 남긴 마지막 힘을 느끼지 못한 것이다.

치호는 그런 녀석의 말에 피식 웃으며 답했다.

"끝이라……. 끝이 오긴 왔군."

치호는 영웅이 남긴 힘을 천천히 자신의 검은 힘에 섞기 시작했다. 그러면서도 녀석을 향해 계속해서 말을 했다.

"그 끝이 네가 원하는 결말은 아닐지라도… 끝은 오게 마련이군."

"무슨 소리를 하는 거냐? 일이 네 뜻대로 풀리지 않으니 미치기라도 한 것이냐?"

녀석은 치호가 예상과는 다른 반응을 보이자 마음에 들지 않는 모양이다. 하지만 치호는 녀석이 어떤 반응을 보이든 상관없었다. 지금 이 순간 영웅이 남긴 힘을 이용하는 게 더 중요했기 때문이다.

"네가 그토록 무시하고 하등하게 여기던 인간… 그들이 널 위해 선물을 준비했더군."

낮은 목소리로 말하는 치호의 목소리는 그 어느 때보다도 안정되어 있었다. 게다가 아까부터 녀석의 몸에서 흘러나온 눈부신 빛은 치호의 검은 힘을 잠식하지 못했다. 마치 힘의 균형이라도 이루는 듯 일정 거리를 유지하고 있었다.

하지만 치호는 마치 당연한 일이라는 듯 놀라거나 안도의 한숨도 내쉬지 않았다. 그저 눈을 감고 녀석의 존재를 느끼기 위해 정신을 집중했다.

그러자 초조해지는 것은 녀석이었다. 자신의 계산이 맞는다면 이미 자신의 힘에 잠식되었어도 한참 전에 되었어야 할 치호가 아직도 뻔뻔하게 살아 있기 때문이다.

"네놈! 무슨 짓을 하는 것이냐?"

녀석 역시 상황이 이렇게 되자 무엇인가 잘못 돌아가고 있다는 것을 눈치챈 것인지 격한 음성을 토해냈고, 동시에 치호의 감고 있는 두 눈이 번쩍 떠졌다. 녀석이 낸 격앙 넘치는 그 단 한 번의 목소리로 녀석의 위치를 파악한 것이다.

그리고 치호는 녀석에게 선고하듯 말했다.

"넌 네가 그리도 경멸하던 격 낮은 존재들이 남긴 마지막 힘에 소멸될 것이다!"

그 순간 치호의 몸에서 흘러나오는 검은 안개가 마치 빛나는 보석을 섞은 것처럼 빛나기 시작했다. 그것은 치호가 흡수한 영웅의 힘과 자신의 검은 힘이 완전히 섞였다는 의미였고, 녀석이 뿜어낸 빛에 의해 치호의 검은 안개가 아름답게 빛나기 시작한 것이다.

검은 은하수 같은 그 아름다운 광경을 채 감상하기도 전에 치호의 검은 힘이 녀석이 만들어낸 눈부신 빛을 밀어내기 시작했다.

그와 동시에 치호의 몸도 마치 검은 안개처럼 빛나기 시작했고, 녀석의 존재가 느껴지는 곳을 말없이 응시했다.

그리고 치호가 내뱉은 마지막 한마디.

"잘 가라."

치호는 끝을 예감했다는 듯 녀석의 존재가 있는 곳을 향해 뛰어올랐다. 온몸이 찬란하게 빛나는 치호의 몸은 더 이상 녀석이 뿜어낸 빛의 힘에 제약을 받지 않았다.

영웅의 가호가 녀석의 힘을 철저하게 막아내고 있는 것은 물론이고 치호 본연의 힘과 시너지를 일으켜 폭발적인 힘을 내고 있는 것이다.

"우, 웃기지 마라! 그깟 버러지보다 못한 존재들이 힘을 합친다 한들 나에게… 이 위대한 나에게 생채기 하나 낼 수 있을 것 같으냐!"

"그래? 그럼 버텨봐! 이 힘을, 인간의 염원이 담긴 이 힘을!"

눈부신 빛의 공간 속에서 검은 빛살 하나가 생겨남과 동시에 치호는 녀석의 존재가 느껴지는 곳에 어느 순간 도착해 있었다. 그리고 녀석 앞에 선 치호의 손은 이미 검은 보석처럼 아름답게 빛나고 있었다.

영웅이 남긴 힘과 자신의 검은 힘을 손끝에 모조리 응축해 일격을 준비한 것이다.

그리고 녀석의 존재가 느껴지는 곳 바로 앞에서 망설임도 없이 검은 보석 같은 그 손을 찔러 넣었다.

"이… 멍청한! 이럴 수는 없다! 나는… 나는……!"

치호가 빛의 공간 한곳에 힘이 응축된 손을 찔러 넣자마자 녀석의 다급한 목소리가 터져 나왔고, 치호의 입가에는 작은 미소가 떠올랐다.

"어때? 버틸 만해?"

옅게 미소를 피워 올리며 나지막하게 말했지만 그 말에 대한 답은 들을 수 없었다. 치호가 손을 찔러 넣은 곳을 중심으로 빛의 공간이 갈라지며 칠흑보다 어두운 순수한 어둠이 퍼져 나갔기 때문이다. 마치 영원의 싸움터가 녀석의 힘에 잠식당하기 전의 본래의 모습을 찾으려는 것처럼 말이다.

제11장
최종장 Ⅲ

카드득, 카드득.

치호가 녀석의 존재감이 느껴지는 곳에 검은 보석처럼 빛나는 자신의 손을 꽂아 넣었음에도 그 어떤 폭발음도, 비명도 들리지 않았다. 그저 무엇인가 깨져 나가는 듯한 소리가 들릴 뿐이었다.

그러나 그것도 잠시, 소리가 멈춤과 동시에 폭발적인 힘의 폭풍이 치호를 덮쳤다. 마치 치호를 밀어내려는 듯한 폭풍이었으나 치호는 이를 악물고 버텼다. 지금 밀려나 녀석을 완전히 끝장내지 못하면 다음 기회는 없을 것 같은 느낌이 들었기 때문이다.

"크윽!"

치호는 이를 악물면서 그 힘에 저항했다. 치호의 입에서는 붉은 피가 새어 나왔고, 피부는 마치 거북이 등껍질처럼 갈라졌다. 하지만 치호는 멈추지 않았다. 자신의 몸이 어떻게 되든 상관없다는 듯 마지막 기회를 놓치지 않으려는 단호한 의지가 느껴졌다.

그런 치호의 단호한 의지가 통한 것인지 뿜어져 나오던 기의 폭풍이 가라앉고 일순 정적이 찾아들었다.

하지만 그것은 태풍이 몰아치기 전의 고요처럼 기분 나쁜 침묵이었다. 치호는 그런 침묵을 느끼면서 멈추지 않았다. 아직 녀석의 존재감이 완전히 사라지지 않았기 때문이다.

그러길 잠시, 치호의 입가에 작은 미소가 떠오르기 시작했다. 녀석의 존재감이 완전히 소멸된 듯 그 흔적이 느껴지지 않았다.

"후우, 끝났나?"

치호의 모습은 상상 이상으로 망가져 있었다. 얼굴과 전신에 거미줄처럼 생긴 상처와 그곳에서 흘러내리는 피가 온몸을 물들였다. 고통이 엄청날 텐데도 치호는 미소를 지으며 가볍게 한숨을 내쉬었다.

그러나 녀석을 완전히 처리했다는 기쁨을 온전히 느끼기

도 전에 치호는 표정이 일그러졌다. 치호가 손을 찔러 넣은 공간에서 눈도 뜨지 못할 밝은 빛이 터져 나왔기 때문이다.

"크윽, 이건 대체……."

지금 터져 나오는 빛은 자신을 해한다고 생각이 되지 않는 순수한 빛이었다. 하지만 그 빛에서 느껴지는 힘은 녀석이 아직 소멸되지 않은 것인가 하는 착각을 불러일으킬 만큼 강렬했다.

이런저런 생각에 표정을 구긴 치호가 빛을 응시했다. 녀석을 처리하느라 자신의 모든 힘을 사용한 치호는 더 이상 반항할 힘이 남아 있지 않았기 때문이다.

"젠장."

터져 나오는 밝은 빛 속에서 점차 의식이 멀어져 갔다. 치호는 멀어져 가는 정신의 끝자락을 붙잡으려 했지만 그것은 치호의 능력 밖의 일이었다. 아니, 마치 터져 나오는 빛이 강제로 치호의 정신을 분리하려는 것 같은 의지가 느껴지는 것만 같았다.

치호는 정신을 잃기 전 마지막 힘을 쥐어짜 거친 말을 뱉어냈다. 하지만 영원의 싸움터, 끝나지 않는 공허의 공간에서 치호의 말은 들어줄 이 하나 없이 아련하게 울려 퍼질 뿐이었다.

정적.

고요.

침묵.

그 어떤 말로도 표현할 수 없는 분위기가 감도는 어둠 속에서 그런 어둠을 가르는 미약한 소리가 들리기 시작했다. 그 소리의 정체는 알 수 없었지만 점점 커지는 그 소리에서 힘이 느껴지기 시작했다.

그 소리가 일정한 간격으로 힘 있게 울려 퍼지기 시작했을 때 어둠 속에서 신비롭게 빛나는 불빛이 피어올랐다.

"……."

그 소리와 빛의 주인공은 치호였다.

터져 나오는 강력한 빛 속에서 살아남은 것인지, 아니면 다시 살아난 것인지는 정확히 알 수 없었지만 치호는 천천히 눈을 떴다.

눈을 뜬 치호는 공허한 어둠에 몸을 싣고 움직이지 않았다. 마치 생각을 정리하는 듯 차분하게 가라앉은 치호의 눈빛은 그 어떤 때도 보지 못한 것이었다. 현자의 그 눈빛보다도 깊었고 그 어떤 용맹한 투사의 눈보다도 매서웠다.

치호가 눈을 뜨고 또다시 얼마의 시간이 흐르자 치호가 어둠 속에서 몸을 일으키기 시작했다.

그리고 천천히 주변을 둘러보고 처음 내뱉은 한마디.

"하아."

깊은 한숨.

깊은 한숨이었다.

그 한숨에는 표현하기 힘든 수많은 감정이 담겨 있었으나 그 의미는 치호만이 알 것이다.

치호는 움직임을 멈추지 않았다. 발끝부터 천천히 하나씩 과거 치호가 그랬던 것처럼 습관적으로 자신의 몸을 파악하고 있는 것이다.

"결국… 죽지 못한 건가."

치호는 몸을 파악하며 변화를 관찰했다. 몸은 마지막 빛에 휩싸였을 때와 완전히 달라져 있었다. 겉모습은 같을지 몰라도 내부에서 느껴지는 힘은 이전의 자신과 완전히 격이 다른 폭발적인 힘이 느껴졌다.

그리고 머릿속에 차오르는 수많은 지식과 과거의 기억들.

그것은 치호의 기억이 아니었다. 자신과 하나 되기를 그렇게 간절히 바라던 녀석의 것이었다.

녀석이 스스로의 존재를 깨닫기 시작했을 때부터, 아니, 스스로의 존재를 깨닫기 이전부터의 모든 기억이 치호의 머릿속에 스며들기 시작한 것이다.

하지만 치호는 당황하거나 놀라지 않았다. 그저 당연한 것을 받아들이듯 그 기억들을 받아들이기 시작했다. 자신의 인격을 통합할 때도 이런 과정은 수없이 거쳐왔기 때문에 치호에게는 익숙했다.

그런 일련의 과정이 끝날 때쯤 치호는 모든 것을 이해하고 깨달을 수 있었다. 녀석의 목적과 존재의 이유, 그리고 하나가 되자고 하면서도 자신과 대적하던 그 모든 이유를.

"그랬던… 거냐?"

치호는 녀석의 모든 것을 받아들이고 나지막하게 말했다. 그 목소리는 공허한 영원의 싸움터가 가진 어둠 속에서 메아리치듯 울리기 시작했지만 치호는 신경 쓰지 않았다.

이 공간 속에 존재하는 것은 혼자라는 것을 이미 알고 있기 때문이다. 더욱이 치호가 녀석의 모든 것을 받아들였을 때, 치호의 몸은 마치 녀석이 최후의 공격을 준비할 때처럼 밝게 빛나고 있었다.

하지만 치호의 몸에서 퍼져 나오는 그 빛은 녀석이 그랬던 것처럼 불안정해 보이지 않았다. 그저 안정적으로 은은하게 퍼져 나가 영원의 싸움터가 가진 깊은 어둠과 조화되는 듯이 보였다.

"네가 원하는 대로 하나가 되긴 했군. 너는 사라졌지만."

치호는 자신의 상태를 파악하고는 자신과 녀석이 하나가 되었다는 것을 느낄 수 있었다. 그것은 누가 가르쳐 주지 않아도 본능적으로 알 수 있는 것이었다.

하지만 녀석의 말처럼 하나가 되긴 했지만 녀석은 존재하

지 않았다. 이곳에는 그저 녀석의 기억을 흡수한 치호만이
존재하고 있을 뿐이었다.

"너도 알고 있었군. 이렇게 될 거란 걸. 그래서 그렇게 나
를 회유한 거였군."

치호는 알 수 있었다. 녀석은 두려워하고 있었다는 것을.
그래서 녀석은 자신을 끝까지 회유하려 한 것이다. 녀석이
끝까지 존재할 수 있도록, 하나가 되었을 때 녀석 스스로가
존재하기를 원한 것이다.

"순수성… 이라는 건가?"

치호는 순수하게 모든 걸 끝내고 죽음을 얻기를 원했다.
순수하게 그 목표 하나만을 향해 달려 나갔다. 그런 과정에
서 녀석을 만난 것이고. 치호에게는 녀석이 무슨 짓을 하던
자신의 죽음을 방해하는 건방진 장애물에 지나지 않았다.

하지만 녀석은 달랐다. 치호를 완전히 소멸시키려는 것이
아니었다. 녀석은 불멸의 육체를 얻어 새로운 세계를 만들고
싶어 했다. 더욱이 자신에게 반기를 든 녀석들을 모조리 소
멸시키려는 여러 가지 생각들, 치호를 앞에 두고도 온전히
집중하지 못한 것이 녀석의 결정적인 패착이었다.

하지만 그것은 녀석의 잘못이 아니었다. 녀석은 녀석이 말
한 것처럼 정신적 존재, 그러므로 녀석은 그럴 수밖에 없는
존재였다. 그렇기에 치호의 불멸성을 원하면서도 치호를 두

려워한 것이다.

치호 앞에 섰을 때 그의 순수성 앞에서 자신이 패할 것이란 것을 알고 있었기에 치호를 회유하려 한 것이다. 하지만 녀석은 실패했고 결국 승리한 것은 치호였다.

"하지만 왜 내 앞에 선 것이지?"

그때 떠오르는 의문.

녀석은 자신을 두려워하면서도 결국 자신의 앞에 섰다. 녀석의 계획대로라면 이런 식으로 자신 앞에 서서는 안 되었다.

녀석의 계획은 감시자를 통해 치호를 꾸준히 지켜보면서 강대한 적을 만나 치호의 몸이 붕괴되었을 바로 그 순간을 노리는 것이었다. 하지만 녀석은 그런 계획을 지키지 못했다.

스스로 모습을 드러내고 치호와 맞상대한 것이다. 녀석의 기억 속에는 테스터들을 강대하게 만들어 치호의 적으로 만들 수많은 계획이 들어 있었다.

그 힘의 종류를 보았을 때 치호 스스로도 부담스러울 정도의 힘이 많았다. 하지만 녀석은 그런 계획을 실행하지 않았다. 녀석의 계획대로 되었다면 과거 쥬드가 말한 것처럼 필드를 나아가면서 더욱 강대한 테스터들을 맞상대했을 것이다.

하지만 녀석은 그렇게 하지 않았다.

스스로 필드를 정리해 가며 치호 앞에 선 것이다.

그리고 무리하게 치호를 상대했다. 그 결과 치호에게 패하는 최악의 결과를 만들어낸 것이다. 그 부분이 도무지 이해가 되질 않았다.

그런 알 수 없는 이유를 찾기 위해 녀석의 기억을 헤집은 결과 떠오르는 단 하나의 변수.

그것은 역시 쥬드였다.

"쥬드… 넌 뭐냐."

녀석을 조급하게 만든 것은 쥬드의 존재를 눈치챘을 때부터였다. 녀석은 쥬드의 존재를 눈치채고 서둘러 치호 앞에 섰다. 자신이 가진 계획을 따르지 않고 치호를 직접 회유하게 만든 것은 쥬드의 존재였다.

여신이 녀석의 존재를 눈치챈 순간 녀석 역시 쥬드의 존재를 눈치챘다. 그러고는 자신의 모든 계획을 폐기하고 스스로 힘을 비축했다. 치호를 직접 상대하기 위해서.

하지만 치호는 자신이 처단하고 봉인까지 완벽하게 해둔 쥬드 때문에 이런 짓을 했다는 것이 이해되지 않았다.

치호는 그 이유를 찾기 위해 녀석의 기억을 더욱 깊이 파고들었고, 기억을 꽤 오랫동안 뒤지고 나서야 그 이유를 깨달을 수 있었다.

녀석이 쥬드를 두려워한 이유를 말이다.

"쥬드… 에게 소멸당한 기억이 있다?"

치호는 녀석의 오랜 기억을 파헤친 결과 녀석의 기억 깊숙한 곳에 숨겨진 진실을 알아차렸다. 다른 이라면 기억에 존재할 수 없는 쥬드의 회귀에 관한 기억이 녀석의 머릿속에 숨겨져 있는 것이다.

녀석의 말처럼 격이 높아서인지 녀석의 기억 속에 쥬드가 회귀했을 때의 기억이 숨겨져 있는 것이다. 그것은 녀석이 스스로도 떠올리지 못할 만큼 깊숙한 곳에 숨겨져 있었지만 마치 본능이라는 이름 속에 숨은 것처럼 녀석의 기억 한구석에 아로새겨져 있는 것이다.

쥬드에게 소멸당했을 때의 기억이 말이다.

그런 본능적인 위기감으로 인해 스스로가 만든 모든 계획을 파기하기 시작했고, 결국 치호와 하나가 되어 격을 높이는 것으로 해소하려던 것이다.

녀석은 치호와 하나가 되어 격을 높인 후 쥬드에게 맞서려는 계획을 세우고 있었던 것이다.

"이 기억 속의 쥬드는… 내 앞에 나타난 쥬드와 많이 다르군."

치호는 녀석의 기억 속에 있는 쥬드의 모습을 떠올리며 미간을 좁혔다. 녀석을 소멸시킨 기억 속의 쥬드는 치호가 처리한 쥬드와 사뭇 다른 모습이었기 때문이다.

녀석의 기억 속에 쥬드는 그 누구보다 용맹하고 당당했다. 그리고 그 무력은 치호조차 대적할 수 있을까 하는 생각이 들 만큼 강했다.

하지만 치호가 겪은 쥬드는 비겁하고 당당하지 못했다. 타인의 힘을 가로채고 자신을 죽이려 한 잡배에 지나지 않았다. 그런 쥬드가 녀석의 기억 속에는 공포의 존재로 자리 잡고 있는 것이다.

"그런 거였군."

치호는 잠시 쥬드에 관해 떠올리다 이내 피식 웃음 지었다. 그런 치호의 손에는 여신이 건네준 쥬드가 봉인된 구슬이 손에 들려 있었다. 구슬이 치호에게 반응하듯 아련한 빛을 뿜어내기 시작했다.

*　　　　　*　　　　　*

쥬드가 봉인된 구슬에서 눈부신 빛을 뿜어내기 시작했지만 치호는 눈 하나 깜짝하지 않았다. 그저 빛나는 구슬을 보며 아련한 눈빛으로 나지막하게 말했다.

"네 힘이 필요하다, 쥬드."

치호가 말을 마치자 빛나는 구슬은 한층 더 빛을 더하기 시작했는데, 그것도 모자랐는지 치호는 스스로 구슬에 힘을 주입하기 시작했다.

치호가 힘을 보태자 구슬은 작열하는 태양처럼 빛나다 못해 결국 조금씩 금이 가기 시작했다. 구슬에 균열이 가기 시작하자 그 뒤부터는 일사천리로 진행되었다.

파직.

연약한 알이 깨지는 소리가 들림과 동시에 터져 나오는 새하얀 빛, 그리고 그 안에서 탄생하는 무시할 수 없는 어마어마한 존재감이 치호의 눈길을 끌었다.

치호는 그런 어마어마한 존재감을 처음 느껴봤지만 당황하지도 놀라지도 않았다. 그저 그럴 줄 알았다는 듯 고개를 끄덕였다.

"역시… 쥬드 너였군. 너였어."

막연한 존재감이 점점 실체를 이루기 시작하자 치호가 나지막하게 말했다. 마치 자신이 예상이 맞았다는 듯한 표정과 함께 쥬드가 온전히 깨어나기만을 기다렸다.

어차피 이곳은 시간이 멈춘 영원의 싸움터 안이기 때문에 서두를 필요가 없었다.

쥬드가 온전히 깨어나기를 얼마나 기다렸을까, 구슬이 터지며 새어 나온 빛이 점차 사그라지기 시작했고, 그 빛의 중심에서 반가운 얼굴이 치호를 반겼다.

쥬드였다.

"후우, 결국 성공했군, 치호."

녀석은 깨어나서 나지막하게 말했다. 그 목소리는 그 어느 때보다 차분해서 도저히 지금까지 봉인되어 있다가 깨어난 인물의 목소리로는 들리지 않았다. 더욱이 쥬드는 치호에게 달려들지도 않았고 자신을 죽여 봉인시켰다고 원망하지도 않았다.

그저 차분한 그의 목소리는 치호가 알던 쥬드가 아닌 것만 같은 느낌을 자아냈다.

무엇보다 쥬드 안에 감추어진 존재감.

이 존재감은 녀석과 하나가 된 지금의 치호와 견주어보아도 떨어지지 않을 정도의 격을 갖추고 있었다.

그렇기 때문에 치호 역시 눈치채지 못한 것이다. 과거 녀석과 격돌했을 때 녀석 안에 숨겨진 힘이 얼마나 어마어마한 것인지를 말이다.

하지만 치호는 그런 쥬드를 보며 경계하거나 두려워하지 않았다. 자신과 엇비슷한 격을 갖춘, 자신과 맞상대할 만한 힘을 가진 쥬드를 보면서도 그저 차분하게 쥬드가 완전히 준비되기를 기다렸다.

"후우."

깊은 한숨과 동시에 봉인에서 깨어나 온전히 정신을 차린 쥬드가 천천히 주변을 둘러보기 시작했다. 이질적인 공간에 놀라거나 당황할 법도 하건만 쥬드는 전혀 그런 기색을 비추지 않았다. 오히려 이 공간이 오랜만이라는 듯 아련한 미소를 지으며 치호에게 말했다.

"영원의 싸움터인가?"

쥬드는 분명 처음이 아닌 것처럼 치호에게 말했고, 치호 역시 그런 쥬드를 보며 놀라지 않았다. 그저 치호는 자신이 생각하고 있는 것이 맞는다는 확신을 가질 뿐이다.

"궁금하군."

치호는 쥬드를 보며 나지막하게 단 한마디를 뱉었다. 하지만 그 속에는 여러 가지 의미가 내포되어 있었고, 쥬드 또한 피식 웃으며 그런 치호를 응시했다.

"흐음, 어디서부터 말을 해야 할지 고민되는군."

치호와 대화를 나누는 쥬드는 과거의 치호가 기억하던 쥬드가 아니었다. 과거의 쥬드처럼 성급해하지도 조급해하지도 않았다. 오히려 쥬드가 가진 존재감에 어울리는 성격까지 갖추고 있는 모습이었다. 치호는 그런 쥬드를 보며 재미있다는 듯 바라봤고, 쥬드는 그런 치호의 표정을 읽었는지 쑥스럽다는 듯 말했다.

"아, 적응이 안 되나? 원래대로 해줄까?"

"아니, 됐다. 편한 대로 해. 어디서부터 계획한 거지?"

"계획이라…… 계획이라고 하긴 좀 그렇지? 나도 나름대로 승부수를 던진 거였으니까."

"승부수?"

"그래, 이 지긋지긋한 삶을 끝내기 위해서 말이야."

지긋지긋한 삶이라고 말하는 쥬드의 눈빛은 그 어느 때보다 깊고 진실을 말하는 것 같았다. 그의 눈빛은 오로지 같은 세월을 산 치호만이 이해할 수 있는 것이었기에 두 사람은 별달리 다른 말로 표현하지 않아도 알 수 있었다.

삶의 지독한 권태를, 그리고 죽음을 갈망하는 것이 얼마나 비참한 것인지를 말이다.

"뭐… 그래도 그 승부가 잘 끝난 것 같아서 다행이지."

쥬드는 치호를 보며 피식 웃었다. 쥬드 역시 치호의 존재감과 격을 느꼈기 때문이다. 저런 존재감과 격이라면 쥬드 자신이 원하던 대로 일이 풀렸다는 것을 뜻했기 때문이다.

"잔소리 말고 말해봐. 네 이야기가 듣고 싶군."

"하하, 넌 격이 높아지나 존재감이 커지나 별다를 것 없이 치호 너로군. 좋아, 차분하게 모두 이야기해 주지. 이곳은 내가 언제부터 준비했는지에 대해 대화하기 좋은 장소군. 편안하게 말이야."

치호는 쥬드의 말에 집중하기 시작했다. 녀석의 숨겨진 기억 속에 어째서 쥬드에 관한 기억이 각인되어 있는지 그 의문이 풀리려는 순간이었다.

"흐음, 내가 예전에 어디까지 말했더라? 그래, 수십, 수백 번 회귀하며 너를 처음 발견했고, 그 순간 너에게 집착하게 되었다고 말했던가?"

쥬드는 과거 치호에게 이야기를 털어놓을 때를 기억해 내며 치호에게 물었다. 치호 역시 그 이야기에 관한 기억이 있기에 고개를 끄덕였다.

"그래, 하지만 그때 그 이야기는 약간의 각색이 있었지. 수백, 수천 번? 겨우 그 정도였으면 이러지도 않았어. 기억조차 할 수 없을 정도로 반복했지. 미치지도 못했어. 왜냐고? 미쳤다 하더라도 숨통이 끊겨 회귀하게 되면 온전히 그 기억을 이어받았거든. 온전한 정신을 가지고 말이야."

쥬드는 자신의 머리를 검지로 톡톡 치며 말했고, 치호는 그런 쥬드를 충분히 이해할 수 있었다. 자신도 마찬가지였기 때문이다. 쥬드와는 조금 다르긴 했지만 충분히 이해할 수 있었다.

"그런 눈으로 볼 필요 없어. 너도 마찬가지잖아?"

"그렇군."

쥬드의 말에 치호는 피식 웃었고, 그런 치호의 반응에 힘입어 쥬드는 계속 말을 이었다.

"뭐… 처음에는 좋았지. 그 어떤 누구도 갖지 못할 힘을 가진 것 같았으니까. 하지만 점점 강해질수록, 필드를 하나씩 지배해 가면서도 내 회귀는 끝나질 않더군. 어떤 식으로 죽음을 맞이하던지 결국 난 회귀하게 되더란 말이지. 마치 네가 다시 살아나는 것처럼 말이야."

"그런 거였나."

"그래, 그래서 나는 생각했어. 어떻게 하면 이 지긋지긋한 삶을 끝낼 수 있을까? 거대한 힘 따위 상관없었어. 죽음만이 내 목표가 되었지. 그러던 순간 난 녀석의 존재를 느꼈다."

"녀석이라면……."

"그래, 너와 하나 된 그 녀석 말이야."

쥬드는 치호를 가리키며 말했고, 치호는 그저 고개만 끄덕였다.

"녀석의 존재를 느꼈을 때 녀석은 나의 마지막 희망이었어. 나에게 죽음을 안겨줄 수 있는 유일한 존재라고 느껴졌지. 너도 알고 있듯이 녀석의 존재감이 특별했으니까. 충분히 나를 완전히 소멸시킬 수 있을 거라고 생각한 거지."

"하지만 지금 너와 내가 대화를 한다는 건… 실패했나 보군."

"그래, 완벽한 실패였어. 녀석의 존재를 느끼고 녀석 앞에 서기까지 수많은 시행착오를 거쳤지. 그런 과정에서 난 더욱 강해졌어. 그리고 녀석 앞에 섰을 때 녀석의 존재감을 온전히 느끼고 희열까지 느꼈다니까? 드디어 완전히 죽을 수 있구나 하고 말이야."

쥬드는 그때의 희열이 기억나는지 온몸을 부르르 떨며 말했다. 하지만 결과는 뻔했다.

실패.

치호의 눈앞에 쥬드가 있는 이상 실패한 것이다.

"하지만 실패했어. 녀석에게 수십 번, 수백 번 죽임을 당해도 결국 실패하더군. 다시 회귀했어. 처음으로."

"녀석의 격으로도 널 완전히 소멸시킬 수 없었나 보군."

"그래, 그래서 난 녀석을 죽이기로 결정했어. 녀석이 무슨 짓거리를 하던 난 녀석을 처리할 자신이 있었거든. 내게 남은 유일한 목표는 그것밖에 없었으니까."

치호는 과거를 회상하며 말하는 쥬드가 애처롭게 느껴졌다. 일개 인간일 뿐이었을 그가 가졌던 고통을 떠올리니 가슴이 먹먹해졌기 때문이다. 쥬드는 말을 멈추지 않았고 계속했다.

"녀석은 이 필드를 만든 놈이잖아? 그러면 녀석을 완전히 소멸시켜 버리면 나의 회귀하는 능력도 사라질 것으로 생각한 거야."

"그 역시 실패했군."

"그래, 수십 번, 수천 번 녀석을 죽이고 나서야 깨달았지. 녀석을 죽여도 내 능력은 사라지지 않는다는 것을 말이야.

그 순간 나는 절망했어. 아니, 그때부터는 도대체 무얼 해야 할지 감이 잡히지 않더군."

치호는 말없이 쥬드의 말에 고개를 끄덕였다. 자신의 과거 이야기를 하는 쥬드에게서 허무에 가까운 공허한 감정이 흘러나왔기 때문이었다. 하지만 그것도 잠시, 반색하며 쥬드가 말을 이어갔다.

"그렇게 또다시 긴 회귀를 반복할 때, 필드에 못 보던 인물이 하나 보이기 시작했어."

"그게 나인가?"

"그래, 그게 바로 너다, 치호. 넌 분명 내가 회귀를 반복하면서도 단 한 번도 이곳 필드에서 볼 수 없던 인물이었지. 난 회귀를 반복하면서 이곳 필드의 모든 인간과 한 번씩 연을 맺고 있었으니까. 그런 나에게 너란 존재는 보물처럼 느껴졌어. 아니, 호기심의 대상이라고 할까?"

쥬드는 미안하다는 듯 치호에게 말했지만 치호는 그저 고개를 끄덕일 뿐이었다. 그러자 쥬드 역시 안심한 듯이 말을 이었다.

"그래서 널 관찰하기 시작했지. 너의 힘과 격, 그리고 존재감을. 그리고 난 깨달을 수 있었지. 나의 힘의 기원과 녀석의 힘의 기원, 그리고 너의 힘까지도."

쥬드의 말에 치호의 미간이 꿈틀거렸다. 그런 것에 관해서는 치호 역시 궁금했던 것이나 지금까지 알지 못한 것이기 때문이다.

"궁금하지? 너와 나, 그리고 녀석까지. 도대체 이 힘은 무엇인가 하는 것 말이야."

치호는 어서 이야기하라는 듯 쥬드를 바라보았고, 쥬드는 자신이 내린 결론을 이야기하기 시작했다.

"난 너를 보고 우리의 격과 존재감은 각 세계에 하나씩 존재하게 되는 것이라고 결론을 내렸다. 각 세계에 단 하나씩 말이야."

"각 세계에 하나씩? 그게 무슨 의미지? 이해하기가 어려운데?"

"네가 존재하는 세상을 관리하고 보호할 수 있도록… 우린 그런 격을 갖춘 거란 뜻이지. 그렇기 때문에 이런 말도 안 되는 힘을 손에 넣은 것이고."

치호는 문득 쥬드의 말이 어느 정도 일리가 있다고 생각되었다. 하지만 녀석의 말을 믿기에는 약간 어긋나는 부분이 있었다. 그랬기에 치호는 재빨리 물었다.

"각 세계에 단 하나씩 존재한다고? 그렇다면 수가 안 맞지 않나?"

분명 치호가 알고 있는 세계는 필드와 지구 두 세계뿐인데 격을 뛰어넘는 존재감을 가진 자는 셋이다. 그렇기 때문에 수가 맞지 않는다고 물은 것이다.

치호의 물음에 쥬드가 고개를 끄덕였다. 그러고는 잠시 생각을 하는 것 같더니 이내 물에 관한 답을 해주기 시작했다.

"그래, 너의 세계에서의 너와 필드에서의 녀석. 격을 갖춘 이는 둘이어야만 하지."

쥬드의 말이 맞는다면 격을 갖춘 존재는 단 둘만 존재해야 하는데, 문제는 치호가 느끼는 쥬드의 격이나 존재감이 떨어지기는커녕 과거의 자신보다 오히려 앞서고 있었다.

녀석을 쥬드가 소멸시키기까지 한 기억이 있다면 조금 더 앞서고 있다고 봐도 무방할 정도였다. 그렇다면 쥬드가 하는 말이 앞뒤가 맞지 않는 것이기에 치호는 조용히 쥬드의 말을 기다렸다.

"정상적이라면… 둘이어야 하겠지."

"정상적?"

"그래, 정상적이라면 말이야."

"그럼 지금은 정상적이지 않다는 뜻인가?"

치호는 쥬드가 무엇이 정상적이지 않다는 것인지 정확한 의미를 알 수 없었다. 필드에서는 치호의 상식이 무너져 있었기 때문에 무엇이 정상이라고 할지 정확한 정의를 내리기 어려웠기 때문이다. 하지만 쥬드는 오히려 치호에게 반문했다.

"그럼… 이게 정상적인 세계로 보이나?"

"무슨 뜻이지?"

"이렇게 조각난 세계가 말이다."

"아, 필드 자체를 말하는 건가?"

치호의 물음에 쥬드는 말없이 고개를 끄덕이고 계속 말을 이었다.

"그래, 정상적인 상태였다면 난 애초에 이런 격을 갖지 않고 이런 지옥 같은 회귀의 저주를 받을 필요도 없었겠지. 그저 그런 테스터처럼 이 세상을 비관하며 영문도 모른 채 죽음을 맞이했을 테니까 말이야."

"그렇다면……."

"그래, 녀석이 이 필드를 쪼개고 비정상적인 상황으로 만들었을 때 또 하나의 변수가 만들어졌다. 그걸 증명하는 게 바로 나지. 이 지옥 같은 회귀를 반복하는 나의 힘 말이야."

치호는 녀석의 말을 머릿속으로 정리하기 시작했다. 하지만 그런 생각의 정리가 끝나기도 전에 쥬드가 울분을 토해내기라도 하듯 입을 열었다.

"난 너와 달랐다. 그저 테스터로 이곳에 끌려왔을 뿐이야. 하지만 문제가 생겼지. 녀석이 갈가리 찢어놓은 이 세계가 또 다른 세계로 인식되어 버린 거야. 마치 너의 세계와 녀석의 세계처럼 말이지."

"그 말은 이 필드 자체가 새로운 격을 갖춘 존재를 원했다는 뜻이냐?"

"그래, 그랬기 때문에 난 선택받은 거야. 이 비정상적인 필드의 관리자로서."

"허, 상상도 못했군."

치호는 그저 쥬드를 보며 멍한 표정을 지었다. 그저 녀석의 세계가 찢긴 것으로만 생각했는데 오히려 이 세계가 독립되어 새로운 격을 창조해 냈다는 뜻이기 때문이다.

"그래, 문제는 이 세계가 부여한 나의 힘이 이 세계를 너무 닮아 있다는 것이지. 아니, 세계의 의지가 부여되었다고 할까?"

"세계의 의지? 그게 회귀라는 뜻이냐?"

"글쎄? 하지만 비정상적인 세계가 부여한 비정상적인 회귀라는 힘… 끝나지 않는 지옥 속에서 난 살아야만 했지. 내가 이 힘을 가지고 있어야 이 필드가 그 어떤 변수에도 영원히 존재할 수 있을 테니까. 내 회귀를 통해서 말이야."

치호는 쥬드의 말을 들으며 어쩌면 세계 자체가 의지를 가진 존재가 아닐까 하는 생각이 들었다. 그 때문에 이 비정상적인 필드의 세계가 의지를 갖추었을 때 스스로 판단한 것이다. 언젠가 붕괴될 이 세계를 보호하기 위해 쥬드를 선택해 회귀의 힘을 부여한 것이다.

"그래서 그랬군. 그래서 그런 거였어."

치호는 쥬드의 말을 듣고 나자 마지막 퍼즐이 맞춰진 듯 모든 것이 이해되었다. 그런 치호의 표정을 본 쥬드 역시 고개를 끄덕이며 말했다.

"그래, 수많은 회귀 속에서 널 발견했을 때 난 희열을 느꼈지. 녀석을 처리하고 날 이 지옥 같은 무한 회귀 속에서 꺼내줄 존재를 느낀 거야."

치호는 쥬드의 말에 고개를 끄덕였다. 쥬드의 힘을 감당할 수 있는 존재는 치호와 녀석이 힘을 합쳐 격이 상승된 지금의 자신밖에 없으니 쥬드가 원한 일인 것이다.

"그래서 난 너를 관찰했지. 수십, 수백 번을 말이야. 하지만 번번이 실패했지. 너와 내가 함께 있는 한 녀석은 모습조차 드러내지 않았으니까."

"그랬을 테지. 나의 존재를 느끼고서도 절대 나서지 않았을 녀석이니까."

치호는 쥬드의 말에 고개를 끄덕였다. 녀석의 기억 속에서는 치호를 두려워한 만큼 자신의 계획을 철저히 지켜나간 것이다. 자신이 나서지 않고 대리인인 감시자를 통해 치호를 상대해 온 그런 기억들 말이다.

"그래, 그랬기 때문에 변수가 필요했지. 그 변수, 즉 나에 관한 존재를 녀석에게 알리는 거였어."

"그래서… 여신에게 흔적을 남겼나?"

"그래, 나의 존재를 여신 따위가 눈치챌 수 있을 리 없지. 여신 또한 녀석의 힘을 조금 나누어 받은 존재에 불과하니까. 하지만 잔뜩 움츠린 녀석을 끌어내기 위해선 나라는 미끼가 필요했지."

"도박이었군."

"상관있나? 난 나의 삶을 끝낼 수만 있다면 그만인데."

쥬드의 무책임한 말에도 치호는 그를 탓하지 않았다. 쥬드의 고통을 가장 잘 알고 있기에 그를 책망할 수 없었다.

"네가 녀석에게 패해서 녀석이 나를 흡수한다 해도 상관없었다. 그때는 너무 지쳐 있었으니까."

"그래, 그랬을 테지."

"뭐… 그 이후부터는 모두 너에게 달린 것이었지. 올브람의 흔적을 찾아 영웅의 무기를 찾고 녀석을 맞이할 준비를 하는 것 말이다. 지금 상황을 보면 일단 잘 풀린 것 같군."

"잘 풀렸다고 할 수 있을지는 모르겠지만… 녀석은 이제 더 이상 존재하지 않는다."

"그건 널 보았을 때부터 알고 있었다, 치호. 너의 존재가 갖춘 격은 지금의 내가 갖춘 격과는 비교조차 할 수 없으니까."

"그 정도인가?"

"그래, 그건 나만이 느낄 수 있는 거겠지."

쥬드는 쓰게 웃으면서도 드디어 시간이 왔다는 듯 치호에게 말했다.

"나를 안식에 들게 해줄 수 있나?"

"네가 원한다면 그렇게 해줄 순 있지만… 후회하지 않겠나?"

"하하하, 후회? 내 말의 답… 그건 네가 알겠지?"

"그렇군. 후회 따위는 이미 할 만큼 했겠지."

치호는 피식 웃으며 쥬드에게 말했고, 쥬드 역시 말없이 웃었다. 처음 녀석을 보았을 때 동질감을 느낀 것은 어쩌면 수많은 후회와 긴 시간을 살아왔기에 서로 통하는 부분이 있어 그런 것인지도 몰랐다.

치호가 잠시 상념에 빠져 있는 사이 쥬드가 나지막한 목소리로 말했다.

"그래도 내 힘이면… 모두를 되돌릴 수 있을 거다. 아무것도 모르는 그 시간으로 말이야."

"그렇겠지."

"미안하다, 치호."

쥬드는 마지막이라는 듯 치호에게 미안하다는 말을 남겼다. 치호는 그런 쥬드의 말에 피식 웃으며 답했다.

"네가 쟁취한 결과다. 미안할 것 없다."

치호의 말에 쥬드 역시 미소를 지었고, 그 순간 쥬드의 몸이 발끝부터 알알이 부서져 내리기 시작했다.

"드디어… 끝이군."

쥬드는 천천히 눈을 감고 자신의 존재가 사라지는 것을 느끼기 시작했다. 그 순간 쥬드의 몸이 눈부신 빛을 내기 시작했다. 마치 그가 봉인 구슬에서 풀려 나올 때처럼 말이다.

하지만 결과는 달랐다.

쥬드가 부서져 내리며 생긴 빛은 어둠의 공간, 영원의 싸움터에서 갈 길을 잃고 치호에게 빨려들어 가기 시작한 것이다.

치호는 마치 예견된 일이라는 듯 그런 변화에도 전혀 당황하지 않았다. 그저 쥬드가 남긴 힘을 온전히 받아들이는 데 집중했다.

*   *   *

얼마의 시간이 흘렀는지 알 수 없지만 치호가 다시 눈을 떴을 때 치호의 눈에 세상이 다르게 보였다. 쥬드의 기억까지 모조리 흡수하자 치호가 보는 세상에 관한 시야가 조금 달라진 것이다.

하지만 치호는 변하지 않은 듯 피식 웃음 지었다.

"뭐, 온전히 나에게 달려 있다고? 웃기는군. 수백 번도 더 회귀한 주제에. 끝까지 거짓말을 하고 갔군."

치호는 쥬드의 기억을 얻고 나서 알 수 있었다. 쥬드가 지금과 같은 결과를 얻기 위해 수백 번의 회귀를 더 했다는 것을.

하지만 치호는 그저 웃음으로 쥬드의 기억을 아련히 떠올릴 뿐이다. 그러고는 크게 한숨을 내쉬었다. 앞으로 해야 할 일이 많았기 때문이다.

"그럼 나머지 일을 처리해야겠군. 꽤 많은 시간을 써야 하겠지만… 오랜만에 할 일이 있는 것도 나쁘지 않군."

귀찮은 일을 하러 간다는 듯한 말투였지만 치호의 입가에는 미소가 자리 잡고 있었다. 더욱이 그런 치호의 손에는 새하얀 빛이 머물러 있었고, 그 손을 허공을 향해 들자 영원의 싸움터는 부드럽게 공간의 문을 열었다.

마치 치호의 힘에 굴복이라도 하듯 지금까지와는 달리 자연스레 공간의 문이 열렸다. 그런 공간의 틈을 향해 치호는 천천히 몸을 움직였고, 그 공간의 틈을 빠져나왔을 때 새로운 광경이 눈앞에 펼쳐졌다.

영원의 싸움터로 들어갈 때보다 한껏 높아진 치호의 격은 조각난 필드의 기운과 그것을 가로막고 갈가리 찢어놓은 힘의 잔재를 느낄 수 있었다.

"이런 식으로 필드를 찢어놓은 것이었군. 후우, 그렇다면……!"

치호는 나지막이 중얼거리고 자신의 힘을 방출했다. 그 힘
은 마치 필드를 덮을 듯 퍼져 나갔고, 마치 물결처럼 필드
곳곳으로 흘러들기 시작했다.

치호가 힘을 방출하기 시작했을 때 저 멀리 대진을 비롯
한 메이, 미소가 눈에 들어왔다. 그들 역시 갑자기 퍼져 나가
는 빛의 홍수에 당황했는지 허우적거리는 듯한 모습이었으
나 치호는 천천히 그들을 향해 걸어갔다.

"어? 뭐야?"

"아저씨, 여기 있으면 어떻게 해요? 녀석은 어떻게 된 거
죠?"

"이 빛……. 아저씨가?"

일행은 지금의 상황이 잘 이해되지 않는 모양이다. 일행이
기억하기로 치호가 녀석에게 당해 열세인 상황이었기 때문이
다.

영원의 싸움터에서의 일을 모르는 그들로서는 치호의 여
유 넘치는 이런 행동이 이해되지 않는 것이다.

치호가 영원의 싸움터로 들어가 격전을 치르는 동안 이
필드의 시간은 멈춰져 있으니 어쩌면 당연한 일이었다.

"그래, 끝났다."

"그 말은……."

"그래, 이 필드를 만든 녀석을 처리했다는 뜻이지."

치호의 말에 일행은 다소 허탈한 표정을 지었으나 이내 얼굴에 미소를 짓기 시작했다.

"끝났네요. 드디어… 이제 필드에도 평화가 오겠죠?"

"에휴, 이제 우리도 어디 자리 잡고 살아보자고."

"그래요. 이제는 서로 도우면서 살아봐요."

대진을 비롯한 메이와 미소는 그저 웃음 지으며 앞으로의 일을 계획하기 시작했다. 하지만 그것은 모두 필드에서의 계획이었다. 이미 그들 역시 이 세계를 알기에, 그리고 여신의 말을 들었기에 다시 원래의 세계로 돌아갈 생각 따위는 포기한 것 같았다.

하지만 치호는 그런 일행을 향해 말했다.

"필드에서 살려고?"

치호의 말에 일행이 다소 어처구니없는 표정을 지었다. 치호가 무슨 소리를 하는지 이해를 못한 것이다.

하지만 치호는 일행이 이해를 하든 말든 계속 말을 이었다.

"충분히 고생했다. 이런 고통은 나만으로 족하지. 너희를 돌려보내 주마. 너희들이 이 필드로 오기 바로 전의 순간으로 말이야."

"그게 무슨……?"

"돌아갈 방법이 있는 거예요?"

"아저씨는요? 아저씨는 어떻게 되는 건데요?"

대진은 아직도 상황이 제대로 파악되지 못한 것 같았고, 눈치 빠른 미소는 재빨리 치호에 관해 물었으나 치호는 그저 웃음 지을 뿐이다.

"돌아갈 시간이다. 이곳의 기억은 모두 잊고 행복하게 살았으면 좋겠군."

그 순간 치호의 몸에서 다시 한번 빛이 터져 나오기 시작했고, 그 빛은 대진을 비롯하여 메이와 미소를 감싸 안았다. 하지만 일행은 마지막 치호의 아련한 표정을 보았는지 극렬하게 저항하기 시작했다.

"잠깐, 치호! 이러는 게 어디 있어! 함께 왔으면 함께 가야지!"

"아저씨! 싫어요! 차라리 아저씨랑 있을래요!"

"잊어야 한다고요? 싫어요! 어떻게 잊어요! 아저씨랑 대진 아저씨, 그리고 메이까지… 잊기 싫단 말이에요!"

일행은 터져 나온 빛에 둘러싸이면서도 치호에게 말했지만 치호는 그저 고개를 저을 뿐이다.

"이곳의 기억이 뭐가 좋다고……. 모든 걸 잊고 행복하게 살길 빌지. 잘 가라."

치호의 마지막 말이 끝남과 동시에 치호에게서 터져 나온 빛이 일행을 삼켜 버렸고, 동시에 일행은 흔적도 없이 사라져 버렸다. 혼자 남겨진 치호는 멍하니 하늘을 바라보았다.

"끝인… 가요."

치호가 멍하니 하늘을 바라볼 때 곁으로 다가와 말을 거는 한 사람, 여신이었다. 그녀의 얼굴은 기력이 쇠해 파리해 보였지만 치호의 존재감을 느꼈는지 눈에서 눈물이 흐르고 있었다. 그녀의 염원이 이루어진 것을 확인했기 때문이다.

"끝이라……. 글쎄? 그들에게는 시작이겠지."

그렇게 말하고 치호의 몸에서 다시 한번 빛이 터져 나왔고, 그 빛은 전 필드를 아우르기 시작한 것은 물론 땅이 흔들리고 하늘을 가르기 시작했다.

"모든 것을 원래대로 돌려야겠군. 더 이상 슬픔의 연쇄 따위는 필요 없겠지."

"드, 드디어……."

여신은 필드의 하늘이 갈라지고 땅이 흔들리는 걸 보면서도 기쁜 표정을 지었다. 그것은 세상이 부서져 내리는 것이 아니라 다시 원래의 모습을 찾아 하나로 뭉쳐지고 있다는 것을 느꼈기 때문이다.

하지만 치호는 아직 일이 끝나지 않았다는 듯 말했다.

"너도 너의 시간으로 돌아가라, 여신이여."

치호가 나지막하게 말했지만 여신은 고개를 저었다.

"이미 돌이킬 수 없는 과거로 변해 버렸습니다. 저는 그저 이 필드가 다시 하나가 되는 것으로 만족할 따름입니다."

치호는 그런 여신의 말에 웃음 지었다.

"쥬드가 재미있는 힘을 가지고 있더군. 네가 사랑하는 그들 곁으로 돌아가 이번에는 다른 삶을 살아봐라."

"그 말씀은……."

"그래, 모든 것은 순리대로 돌아가야 하는 법, 순리를 거부한 존재가 존재하는 한 세상은 순리대로 돌아갈 수 없지. 되돌려 보내주지. 필드가… 아니, 세상이 찢어지기 전의 그 순간으로 말이야."

치호의 말에 여신이 하염없이 눈물을 흘리기 시작했다. 상상하지도 못한 보상을 얻었기 때문이다. 하지만 치호는 시큰둥한 태도로 말했다.

"후우, 이 필드에 남은 모든 이들을 되돌리려면 고생 좀 하겠군. 얼마나 걸리려나?"

치호는 웃으며 푸념하면서도 손끝에서는 빛이 새어 나오기 시작했고, 그 빛이 여신을 향해 부드럽게 감싸 안았다.

"감사합니다. 정말 감사합니다."

여신은 연신 감사하다고 말했지만, 치호는 그저 그런 그녀를 향해 웃음 지을 뿐이다.

"이번에는 행복하길 빌지."

그 말을 끝으로 여신 또한 치호의 일행처럼 빛에 휩싸였고, 동시에 모습이 사라져 버렸다.

하지만 여신이 사라졌음에도 치호에게서 흘러나오고 있는 빛은 줄어들 기미를 보이지 않았다. 오히려 그 기세가 더욱 거세져 폭발적으로 흘러나오기 시작했다.

"많기도 많군. 언제 이것들을 전부 다 돌려보내나. 빨리 끝내야… 나도 뭐라도 해볼 수 있을 것 같은데… 에휴."

치호는 그렇게 푸념하면서도 멍하니 하늘을 바라보았다. 그러고는 나지막하게 말했다.

"잘 가라, 다들."

그 순간 치호의 몸에서 뿜어져 나온 빛 무리가 온 필드의 테스터들과 괴물들을 감싸 안았고, 치호가 말을 마침과 동시에 모든 이들이 원래의 자리로 돌아간 듯 필드에서 그들의 흔적이 사라졌다.

그들이 모두 원래의 자리로 돌려보낸 것을 확인한 치호는 크게 한숨 쉬며 나지막하게 혼잣말을 하기 시작했다.

"후우, 그럼 나도 새로운 방법을 찾아야겠군. 결국 남 좋은 일만 해버렸어. 젠장."

치호는 그렇게 말하면서도 진한 미소를 머금고 있었다. 웃으며 주변을 살피던 치호가 하얗게 빛나는 손을 허공에 갖다 대었다. 그러자 영원의 싸움터로 향하는 공간의 틈과는 다른 새하얀 공간의 틈이 열렸다.

"그래도 방법은 확실히 알았다, 쥬드. 네 덕에 나도 이 지긋지긋한 삶을 끝낼 수 있겠군."

치호는 마지막 한마디를 남기고 그 공간의 틈으로 망설임 없이 뛰어들었다. 치호까지 사라져 버린 필드는 치호가 남긴 빛 무리를 통해 온 세상을 회복하는 데 바쁜 것처럼 쉴 새 없이 움직일 뿐이다.

『불사의 테스터』 완결

후기

안녕하세요. 기로입니다.

원래 오늘은 에필로그로 찾아뵙기로 했는데 막상 에필로그를 쓰려고 하니 굳이 필요 없을 것 같아서 후기로 대체합니다.

'불사의 테스터'를 처음 쓰기 시작한 게 지난해 6월부터이니… 길다면 길고 짧다면 짧은 시간이 지난 것 같습니다. 여러 가지 에피소드를 통해 좀 더 재미있고 흥미로운 글을 쓰고 싶었으나 생각만큼 잘 되지 않은 것 같습니다. 이상은 큰데 아직 능력이 받쳐주지 않는달까요? 조금 더 노력해야겠습니다.

사실 아무런 준비도 되지 않았던 저이기에 가능하면 성실하게 연재하려고 했으나 후반부에 컨디션이 악화되고 여러 가지 일이 겹치다 보니 본의 아니게 몇 번 연재하지 못했습니다. 죄송합니다. 게다가 아직 하지 못한 이야기들… 아니, 좀 더 깊게 다루고 싶었던 루바란의 길드 마스터 일리야 레핀의 이야기라던가 아니면 강철의 얀센에 관한 이야기, 셀렌의 이야기, 그리고 달무르에 관한 이야기를 좀 더 심도 있게 쓰고 싶었습니다만… 그러면 너무 대장정의 길을 걸어야 할 것 같아 과감하게 생략한 부분이 없지 않아 있습니다. ㅎㅎ

전업 작가로 글을 쓰고 있기에… 마음 같아서는 쓰고 싶었지만 아무래도 힘들더군요. 구매 수가 좀 더 잘 나왔다면 좀 더 오래 치호의 이야기를 쓰고 싶었지만… 쿨럭, 죄송합니다.

회사 다니면서 모은 돈을 다 탕진해 가며 쓴 글이거든요. 불사의 테스터는… 6개월의 찬바람은 거셌습니다. 상상 이상으로. 하지만 시작한 글을 연중하고 도망가거나 하는 건 용납할 수 없어서 끌고 오다 보니 어느새 완결까지 와버렸습니다.

끝까지 읽어주셔서 정말 감사합니다.

다음 작품에서는 좀 더 탄탄하고 재미있는 기로가 되어 다시 돌아오겠습니다. 저는 다음 작품을 위해 조금 마음을 가다듬고 다시 찾아뵙겠습니다. 지금까지 '불사의 테스터'를 사랑해 주서서 감사합니다.

초대형 24시 만화방

신간 100%, 샤워실, 흡연실, 수면실(침대석), 커플석, 세탁기 완비

▪ 시흥 정왕25시점 ▪

경기 시흥시 정왕동 1742-13 미스터피자 건물 5층
031) 319-5629

▪ 강북 노원역점 ▪

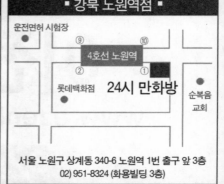

서울 노원구 상계동 340-6 노원역 1번 출구 앞 3층
02) 951-8324 (화용빌딩 3층)

▪ 일산 정발산역점 ▪

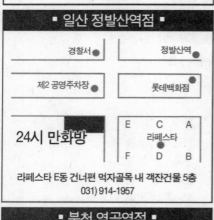

라페스타 E동 건너편 먹자골목 내 객잔건물 5층
031) 914-1957

▪ 일산 화정역점 ▪

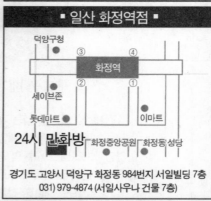

경기도 고양시 덕양구 화정동 984번지 서일빌딩 7층
031) 979-4874 (서일사우나 건물 7층)

▪ 부천 역곡역점 ▪

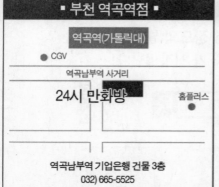

역곡남부역 기업은행 건물 3층
032) 665-5525

▪ 부평역점 ▪

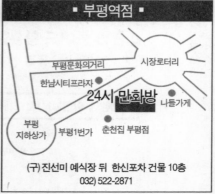

(구)진선미 예식장 뒤 한신포차 건물 10층
032) 522-2871

GRAND SLAM
그랜드슬램

2016년의 대미를 장식할 최고의 스포츠 소설!!

Career record : 984W 26L
Career titles : 95
Highest ranking : No.1(387weeks)
Grand Slam Singles results : 23W
Paralympic medal record : Singles Gold(2012, 2016)

약 십 년여를 세계 최고로 군림한 천재 테니스 선수.
경기 내내 그의 몸을 지탱하고 있는 것은…… 휠체어였다.

『그랜드슬램』

휠체어 테니스계의 신, 이영석(32).
그는 정상의 자리에서도 끝없는 갈망에 사로잡혀 있었다.

"걷고 싶다, 뛰고 싶다. …날고 싶다!!"

뛸 수 없던 천재 테니스 선수
그에게, 날개가 달렸다!!!

Book Publishing CHUNGEORAM

유행이 아닌 자유추구 –
WWW. chungeoram.com

전생부터 다시

FUSION FANTASTIC STORY

홍성은 장편소설

죽음으로 모든 걸 끝내고 싶지 않아
인간으로 환생하게 된 대마법사, 로렌 하트.

그러나 알 수 없는 괴물의 등장으로 인해 인류가 멸망해 버리고
홀로 살아남은 그는
고독과 외로움에 다시 한 번 더 환생을 결심하는데……

하지만 현생을 반복하는 것만으로는 의미가 없다.

시간을 되돌려 대마법사가 되기 전의 시절로 되돌아갈 것이다!

대마법사 로렌 하트, 전생부터 다시 시작한다!

Book Publishing CHUNGEORAM

유행이 아닌 자유추구 -
WWW.chungeoram.com